KB196422

• 일러두기

이 책에는 어린이들이 읽고 이해하기 편하도록 《목민심서》의 문장을 다듬어 실었습니다.

열 살,
목민심서를 만나다

지은이 **서지원** | 그린이 **이다혜**

어린이
나무
생각

누구나 읽어 볼 만한
빛나는 고전

《목민심서》는 우리나라 국민이라면 누구나 한 번쯤 들어 본 적이 있는 유명한 책이에요. 어려워 보이는 제목 때문에 우리 친구들은 읽는 것이 겁날지도 모르겠지만, 어린이부터 어른들까지 반드시 알아야 할 내용이 가득 담겨 있는 지혜로운 고전이에요.

《목민심서》는 목민관, 즉 지방의 관리가 지켜야 할 행동과 덕목을 담은 책입니다. 지금부터 200여 년 전에 다산 정약용이 쓴 책으로, 지방의 관리가 백성을 위해 해야 할 일을 조목조목 적어 놓고 있지요. 지금과 다르게 조선 시대는 왕이 나라와 백성을 다스리는 시대였어요. 그런데 지금처럼 교통과 통신이 발달하지 않았기 때문에, 전국 방방곡곡에 사는 백성을 직접 다스리는 사람은 현령, 현감, 군수 등 지방 관리였어요. 당시 지방 관리의 권력은 매우 막강해서 행정, 경찰, 사법, 군사를 모두 쥐고 있었어요. 그러니 백성을 위한 나라를 만들려면 지방 관리의 행동이 매우 중요했지요. 만약 지방 관리가 사리사욕을 채우는 탐관오리라면 백성은 가난과 핍박과 고통에 시달려야 했으니까요. 실제로 정약용이 살던 조선 후기 때 그런 나쁜 지방 관리가 많았어요. 정약용은 '목(牧: 관리)'은 '민(民: 백성)'을 위해 존재한다고 주장했어요. 지금으로 치면 민주주의 정신과 비슷하지요. 맡겨진 권력을 자신의 욕심을 채우는 데 사용하지 않고 백성을 보살피고 위하는 데 사용해야 좋은 관리가 될 수 있다는 거예요.

정약용은 천재 중의 천재였어요. 아마 아인슈타인보다 머리가 더 좋았을지도 몰라요. 왜냐하면 정치가, 실학자, 저술가, 시인, 철학자, 과학자, 공학자, 의학자였기 때문이지요. 거기에 암행어사이기도 했어요. 여러 방면에서 이렇게 뛰어난 인물은 아마 세계 역사를 통틀어도 손에 꼽을 거예요.

정약용은 평생 500여 권이나 되는 책을 썼어요. 정약용은 학문이란 사람들의 생활을 이롭게 만들어야 한다고 생각했어요. 그래서 백성에게 필요한 농업, 기술, 의학 등 다양한 분야를 연구해서 책을 쓴 거예요.

또 정약용은 정조가 개혁 정치를 할 때 가장 믿을 만한 동지이기도 했어요. 비록 열 살이 넘는 나이 차가 있었지만, 정조는 정약용이 성균관 유생일 때부터 가까이 불러 토론하기를 즐겼지요. 정조는 개혁의 하나로 수원에 화성을 짓는 한편, 억울하게 죽은 아버지(사도세자)의 명예를 회복하려고 했어요. 바로 그 화성을 지을 때 정약용은 무거운 돌을 쉽게 나를 수 있는 거중기를 만들어 이용하고, 정조가 아버지의 묘소 현륭원에 행차할 때 배다리(배를 일정한 간격으로 늘어놓고 그 위에 넓은 판자를 얹어 만드는 다리)를 만들어 능행을 수월하게 했지요.

그러나 정조가 죽고 난 후 정약용은 천주교 신자라는 이유로 18년 동안이나 유배 생활을 해야 했어요. 천주교에 관대했던 정조가 죽고 난 뒤 천주교인에 대한 박해가 시작되었기 때문이에요. 긴 유배 생활로 정약용의 실학 정신은 현실 정치에서 실현되지 못했어요. 하지만 유배지에서도 정약용은 백성을 위하고, 관리가 지켜야 할 덕목과 나라를 강하게 만드는 방법들을 정리해 수백 권의 책을 썼지요. 이 책들은《여유당전서》라는 전집 형태로 지금까지 전해지고 있어요. 정약용의 개혁적인 업적과 삶을 기리기 위해 유네스코는 세계 기념인물로 그를 선정하기도 했어요.

사실《목민심서》는 읽기 쉬운 책은 아니에요.《목민심서》가 얼마나 깊이 있고 어려운지 국사학자, 국문학자, 한문학자, 동양사학자, 경제사학자, 사회학자 등 16명의 학자가 참여해서 10년이 걸려 번역했다고 해요.

《열 살, 목민심서를 만나다》는 목민심서에 실려 있는 내용 중에서 오늘날 사회 문제와 연결된 내용과 시대에 맞는 내용을 뽑아 재미있고 이해하기 쉽도록 이야기로 풀었어요. 그러니 너무 어려울 것 같다고 처음부터 겁내지 말고, 즐겁고 재미있게 읽어 주기를 바라요. 《목민심서》는 정말 우리 국민, 아니 세계 시민이라면 반드시 읽어 볼 만한 빛나는 고전이니까요.

서지원

차례

4장 도적, 귀신, 그리고 호랑이

5장 우리 모두가 목민관이다!

1장

엄마 미용실은
목민 사랑방

반장 바꾸기

우리 동네에는 쌍심지 아줌마가 산다. 그 아줌마는 무슨 일에든 눈에 쌍심지를 켜고 덤빈다고 해서 쌍심지 아줌마라는 별명이 붙었다.

쌍심지 아줌마는 우리 동네 반장이다. 동네 반장이란 무엇이냐, 우리 반 반장처럼 동네의 모든 일을 도맡아 하는 사람을 말한다. 우리 동네 사람들은 해마다 1월 첫째 주에 동네 반장 선거를 한다. 그리고 반장이 된 사람이 1년간 동네일을 도맡아서 책임지는 것이다.

그런데 쌍심지 아줌마는 동네일은 돌보지 않고 여기저기 찾아다니며 시비만 건다.

"아니, 현지 엄마! 미용실 빨래를 왜 밖에다 널어?"

"햇볕이 좋아서요."

"바깥 땅은 현지 엄마의 땅이 아니잖아. 그러니까 당장 빨래 건조대를 안으로 집어넣도록 해요."

뭐 이렇게 트집을 잡는다든가,

"할아버지, 폐지를 주우러 다니는 건 좋은데 수레 소리가 너무 시끄러워요! 수레를 고치든지 해서 조용히 다니세요!"

이렇게 십오시 할아버지에게 도움은 못 줄망정 트집을 잡기도 한다.

그뿐만이 아니다. 미용실에 와서 파마를 하고는 돈도 막무가내로 깎으려고 든다.

"현지 엄마, 나는 반장이잖아. 반장 특별 할인 같은 거 안 돼?"

"네?"

"내가 하는 일이 얼마나 많아! 그러니까 힘든 나를 위해서 서비스로 파마 공짜! 어때?"

"그, 그건……."

엄마가 난처한 표정을 지어도 쌍심지 아줌마는 멋대로 행동한다. 그러다 보니 동네 사람들에게 쌍심지 아줌마는 언제나 이야깃거리가 된다. 쌍심지 아줌마는 하루도 동네 사람들의 입에 오르락내리락하지 않는 날이 없다.

"이래서 지도자를 잘 뽑아야 하는 건데!"

"맞아, 우리 동네는 지도자를 잘못 뽑았어!"

미용실에 모인 아줌마랑 할머니들이 떠드는 얘기를 듣다 보니 문득 우리 반 반장이 떠올랐다. 우리 반 반장은 애심이라는 친구다.

애심이는 이번 학기에 전학을 왔는데, 첫날부터 자기는 꼭 반장이 되고 싶다고 졸랐다. 그래서 우린 애심이가 반장이 될 수 있게 도와줬다. 하지만 이게 웬일! 애심이는 뭐든 제멋대로 굴었다.

"반장, 이걸 마음대로 결정하면 어떡해?"

이렇게 따지면 애심이는 두 눈을 부릅뜨면서 대꾸했다.

"뭐가 문젠데? 전에 다니던 학교에서는 반장이 다 이렇게 했어."

애심이가 큰 눈을 부릅뜨고 힘을 팍 주면 번개가 찌릿 하고 쏟아질 것만 같았다.

우리 반 아이들은 불만이 생겼지만 아무도 말을 할 수 없었다. 애심이가 괜히 트집을 잡아서 청소 당번을 시킨다거나, 선생님에게 "얘가 떠든 사람이에요!" 하고 일러바칠까 봐 겁이 나서였다.

"안 되겠어요. 동네 반장을 바꿔야겠어."

엄마가 소리쳤다.

그 말을 들은 나도 결심했다.

"그래, 안 되겠어. 우리 반 반장을 바꿔야겠어!"

엄마는 이 일을 동네 사람들에게 정식으로 건의했다.

나도 이 일을 우리 반 친구들에게 정식으로 건의했다. 그렇게 해서 우리 동네는 새로운 반장 선거를 하게 되었고, 우리 반은 새로운 반장 선거를 하게 되었다. 그것도 동시에!

목민심서?
뭘 심는 책이야?

"흥, 구관이 명관이란 말도 모르시나? 여러분, 다들 새로운 반장을 뽑고 후회하지 말고 나를 찍으세요!"

"아니, 우리 동네는 달라져야 해요! 우리 동네를 위해 일할 진짜 일꾼을 뽑읍시다!"

동네 반장 후보로는 쌍심지 아줌마랑 우리 엄마가 추천됐다. 쌍심지 아줌마는 두 눈에 쌍심지를 켜고 사람들을 찾아다녔다. 아줌마는 만나는 사람마다 "나 안 뽑으면 알죠?" 이렇게 말하며 협박하듯 두 눈을 부릅떴다.

그러던 중에 일이 벌어졌다.

쌍심지 아줌마가 동네 할머니들에게 자기를 뽑아 달라고 부탁하면서 은근슬쩍 말을 놓아 버린 것이다.

"내가 이 동네에서 반장만 몇 년이야? 알지? 나보다 더 잘할 사람이 있겠어?"

쌍심지 아줌마가 할머니들에게 이렇게 얘기하는 것을 독수리 아줌마 삼총사가 들었다.

독수리 아줌마 삼총사란 독수리 1호인 장독 가게 주인아줌마, 독수리 2호인 수선 가게 주인아줌마, 그리고 독수리 3호인 코다리 가게 주인아줌마를 뜻한다. 그 아줌마들은 어디를 가나 같이 다니는 삼총사다.

"아니, 아까부터 할머니한테 왜 자꾸 반말해요?"

독수리 1호 아줌마가 얼굴을 붉히며 말했다.

"내가 언제? 언제 그랬다는 거야?"

쌍심지 아줌마는 자신은 할머니들에게 버릇없이 군 적이 없다며 딱 잡아뗐다.

"지금 나한테도 말을 은근슬쩍 놓잖아요! 내가 반장님보다 나이가 한 살 어리기는 하지만 그렇다고 막 말을 놔도 되는 건 아니죠."

"옳소!"

독수리 2호, 3호 아줌마가 맞장구를 쳤다.

"어머머머! 난 아주 예의 바른 사람이라고. 어른들에게 반말한 적이 없어."

"지금도 했잖아요!"

쌍심지 아줌마는 두 눈을 부릅뜨고 할머니들을 보았다.

"할머니들, 내가 진짜 그랬어요? 반말로 막 기분 나쁘게 했냐고."

"아, 아니."

동네 할머니들은 쌍심지 아줌마의 눈치를 살피며 고개를 돌렸다. 그 모습을 본 독수리 아줌마 삼총사는 현지네 미용실로 우르르 달려왔다.

"현지 엄마, 나이 어린 사람이 윗사람을 공경하지 않으면 어떻게 되는 거야?"

"맞아, 그런 사람을 어떻게 혼내 주지?"

독수리 아줌마 삼총사는 쌍심지 아줌마를 혼내 주고 싶다며 투덜거렸다. 바로 그때 쌍심지 아줌마가 미용실 안으로 들어왔다.

"여기서 내 흉을 보고 있었지?"

"누, 누가!"

쌍심지 아줌마는 자신이 할머니들과 아주 친한 사이라서 자연스럽게 말을 놓았을 뿐 절대 예의 없이 굴지 않았다고 말했다.

"할머니들한테 반장이 되게끔 찍어 달라고 협박하듯 무섭게 말했잖아요!"

독수리 1호 아줌마가 발끈했다.

"뭐? 협박? 난 친절하고 자상하게 말했어!"

그때 엄마가 끼어들었다.

"쉿, 다들 조용! 《목민심서》에 이런 말이 있어요."

어른을 공경하는 법을 없애 버린다면 이 세상 사람들이
모두 어른도 함부로 대하고 효도도 할 줄 모르게 될 게 뻔하다.
그러니 목민관이 된 자는 어른을 공경하는 것을 법처럼
엄격하게 따르도록 해야 한다.
사람들이 길을 지나다가 어른을 보면
반드시 좋은 말로 "아픈 곳은 없으신지요?", "잘 지내시죠?" 하며
친절하게 묻는 것이 예에 맞다.
예법에 따르되 방법은 간단하게 하고 학교에서도 배우도록 하여야 한다.
선비와 철학자들은 예의를 지키기 위한 방법을 연구하고,
알려야 할 것이다. 때때로 어른을 위로하고 행사를 열어 알린다면
사람들은 노인을 더욱 공경하게 될 것이다.

섣달그믐 이틀 전에 노인들에게 음식을 돌리는
풍습을 갖도록 하는 것도 좋다.

"《목민심서》? 목화씨 심는 법을 알려 주는 책이야?"

쌍심지 아줌마가 고개를 갸웃했다.

"어머머, 현지 엄마, 그런 책도 읽어요?"

"아유, 목화씨는 심어서 뭐 하게! 요즘은 오리털이 이불로도 겨울 옷
으로도 최고라고!"

독수리 아줌마 삼총사도 도통 처음 듣는 얘기라는 듯 머리를 긁적였다.

그러자 엄마가 차근차근 설명했다.

"《목민심서》는 다산 정약용이라는 분이 쓴 책이에요."

"정약용? 어디서 들어 본 것 같은데?"

사람들이 고개를 갸웃했다.

"나도 그 사람 교과서에서 본 것 같은데…… 엄청 유명하고 똑똑한
학자 아니에요?"

내가 묻자 사람들이 무릎을 '탁' 치며 웅성거렸다.

"맞아, 그 사람이네!"

"그 사람이 쓴 책을 본다고?"

"네, 잘 들어 보셔요. 정약용 선생이 쓴 《목민심서》는 목민관들에게 어떻게 해야 할지를 알려 주는 책이에요. 그러니까 '백성을 다스릴 땐 이렇게 해라.' 하고 충고하는 책이라 할 수 있죠."

"아유, 현지 엄마는 아는 것도 많아!"

"그러게. 그 사람이 뭐라고 썼대?"

사람들이 일제히 엄마를 보았다. 엄마는 자연스럽게 《목민심서》의 내용을 이야기했다.

"이 책에 따르면 어른에게는 어른을 대할 때 쓰는 좋은 말이 있으며, 아랫사람이 나서서 힘들지 않은지, 아픈 곳은 없는지 물어야 하는 거랬어요. 그러니까 아랫사람은 윗사람에게 좋은 말을 써야 하는 거죠."

엄마는 쌍심지 아줌마에게 아무리 친한 사이라 하더라도 어른에게 반말을 함부로 해서는 안 된다고 말했다. 그러자 무안해진 쌍심지 아줌마가 뾰로통한 얼굴로 사람들을 고개를 휙 돌리더니 미용실 문을 열고 나가 버렸다.

이렇게 반말 소동은 일단락되었다.

이튿날, 학교에 갔더니 애심이가 두 눈을 부릅뜨고 나를 째려봤다.

"왜? 할 말이라도 있어?"

"아니, 그냥! 네가 실수하는 건 없는지 살펴보려고. 나는 전 반장이니까."

"어허, 너! 생일이 나보다 훨씬 늦던데. 나는 5월, 너는 11월이잖아. 맞지?"

"그, 그래서?"

애심이가 눈동자를 요리조리 굴렸다.

"자고로 어른을 공경할 줄 알아야지! 에헴! 앞으로는 어른에게 함부로 말하는 대신 좋은 말을 쓰도록 하여라."

내 말을 들은 애심이가 눈을 끔뻑끔뻑했다. 무슨 소린가 싶은 표정이었다.

나만 빼놓고
먹을 거 시키기 있기, 없기?

나는 학교를 마치자마자 엄마가 운영하는 현지 미용실로 달려갔다. 엄마한테 반장 임명장을 보여 주고 싶어서 숨이 차도록 달려간 것이었다. 그렇다. 내가 반장에 뽑힌 것이다! 나는 '엄마'를 외치며 다급히 미용실 문을 확 열었다.

그런데 엄마는 안 보이고 독수리 아줌마 삼총사가 뭔가를 후다닥 감추는 모습이었다.

나는 독수리 1호, 2호, 3호 아줌마의 모습을 자세히 살폈다. 독수리 1호 아줌마의 입가에 달라붙은 튀김 조각, 독수리 2호 아줌마의 엄지손

톱에 묻은 양념, 독수리 3호 아줌마가 치맛자락 뒤로 감춘 상자!

독수리 아줌마 삼총사가 감춘 건 치킨이 틀림없었다.

"아줌마들, 나 몰래 치킨 시켜 먹었어요?"

"아, 아니!"

"그럴 리가!"

"우리가 왜 그런 걸 몰래 먹겠어?"

아줌마 셋이 거의 동시에 대꾸했다. 나는 뚱한 표정으로 독수리 아줌마 삼총사를 노려보았다. 때마침 엄마가 미용실 문을 열고 들어왔다.

"엄마, 어디 갔다 와?"

"잠깐 은행에 좀 다녀오느라고! 아유, 저 대신 미용실 봐 주셔서 고마워요."

엄마가 인사하자 독수리 아줌마 삼총사는 동시에 고개를 끄덕였다.

"우, 우리가 뭘 한 게 있다고!"

"현지 엄마! 우리는 이제 그만 갈게."

"그, 그럼 수고해요!"

독수리 아줌마 삼총사가 약속이라도 한 듯 동시에 미용실을 빠져나갔다. 나는 아무래도 미심쩍어 아줌마들의 뒷모습을 노려보았다.

"현지야, 뭘 그렇게 보니?"

"엄마, 엄마는 나 몰래 뭐 먹고 그런 거 아니지?"

"얘가 갑자기 무슨 소리야?"

"아니야, 아무것도."

나는 입을 앙다문 채 집으로 돌아갔다.

그날 저녁의 일이었다. 나는 낮에 깜빡하고 안 보여 준 임명장을 들고 다시 미용실을 찾았다.

'지금쯤이면 엄마가 미용실을 닫으려고 청소 중이겠지?'

나는 새삼스레 들떠 미용실 문을 열었다. 그런데 이번에도 엄마는 안 보였다. 대신 할머니 삼인방이 미용실 소파에 앉아 있었다.

"킁, 킁! 이게 무슨 냄새지?"

나는 코를 킁킁거리며 주위를 살폈다.

"내, 내가 방귀 뀐 거야."

"아유, 이 할망구는 방귀만 계속해서 뀐다니까!"

"그, 그러게! 냄새가 정말 특이해!"

할머니 삼인방은 어딘가 어색한 표정을 지으며 손바닥을 부채처럼 휘휘 저었다. 나는 코를 계속해서 벌름거렸다.

'이건 방귀 냄새가 아니야. 이건 족발 냄새라고!'

나는 의심스러워서 할머니 삼인방을 바라보았다. 그런데 제일 나이 많은 맏이 할머니가 어색한 웃음을 짓더니 갑자기 볼일이 생각났다며 자리에서 벌떡 일어섰다. 뒤이어 다른 할머니들도 덩달아 일어났다.

"아유, 우리는 이제 가 봐야겠네."

"현지야, 엄마한테 미용실을 끝까지 못 봐 줘서 미안하다고 전해."

"어디 가시는데요?"

내가 퉁명스럽게 묻자 할머니 삼인방이 동시에 대답했다.

"보, 볼일이 있어."

하지만 그렇게 어색한 연기로는 나를 속일 수 없다. 나는 할머니 삼인방이 미용실에서 족발을 시켜 먹었다는 걸 확신했다.

"할머니들!"

내가 따지듯 할머니들을 부를 때였다. 때마침 엄마가 문을 열고 들어왔다.

"아유, 할머니들! 저 대신 미용실 봐 주셔서 고마워요. 하필 급한 볼일이 생겼지 뭐예요! 할머니들이 아니었으면 큰일 날 뻔했어요."

엄마는 아무것도 모르는 눈치였다.

'아유, 속 터져! 엄마가 없는 사이에 사람들이 맛있는 거 시켜 먹는다고요. 그걸 엄마만 모르는 거야!'

나는 엄마한테 이 사실을 말해야겠다고 결심했다. 그런데 엄마는 독수리 아줌마 삼총사나 할머니 삼인방이 저지른 일을 모두 알고 있는 눈치였다.

"엄마, 우리 몰래 사람들이 여기서 뭘 먹는데 괜찮아?"

"뭐 어때. 사실 할머니들이 족발을 드실 때는 엄마가 돈을 좀 보태 드렸어."

"뭐? 내가 치킨을 사 달라고 할 때는 들은 척도 안 했으면서!"

나는 엄마의 행동에 배신감을 느꼈다.

"엄마는 나를 사랑하지 않아?"

"뭐? 그런 말이 어디 있니?"

"딸 먼저 챙겨야지, 왜 어른들을 먼저 챙기는 거야?"

"현지야, 엄마 마음의 1순위는 언제나 너야. 그러니까 너무 서운해하지 마."

그날 저녁, 나는 엄마가 읽고 있는 《목민심서》를 뒤적거렸다. 그리고 독수리 삼총사랑 할머니 삼인방에게 하고 싶은 말을 딱 찾아냈다.

이튿날, 나는 독수리 아줌마 삼총사랑 할머니 삼인방을 미용실로 모셨다. 그리고 《목민심서》를 펼치고 큰 소리로 낭독을 시작했다.

어린이를 사랑하는 것은 대대로 임금(정부를 뜻하는 말임)이 해야 하는

일 중 하나였다. 백성이 가난하면 자식을 낳아도 거두지 못하니,
정부가 이런 아이들을 대신 가르치고 길러서
내 자식처럼 보호하여야 한다. 흉년이 들면 자식을 내다 버리는
부모가 생길 수도 있으니, 어려움에 처한 아이들을 살피고
거두어서 그들의 부모가 될 수 있도록 하여야 한다.
만약 가난하거나 형편이 어려워진 것도 아닌데
아이를 버리는 자가 있다면 대신 길러 줄 사람을 골라서
받을 수 있도록 돕고, 부모의 잘못을 따져 물어야 한다.

"뭐? 그게 무슨 뜻이니?"

"잘 들어 보세요. 어른은 어린이를 사랑해야 하고 먹을 걸 나눠 줘야 한다는 뜻이에요. 그러니까 앞으로 나만 쏙 빼놓고 먹을 거 시키기 있기, 없기?"

"어, 없기……."

"약속했어요!"

나는 《목민심서》를 탁 덮으며 의기양양하게 웃었다.

우리 동네
할머니 삼인방

"짠! 현지야, 엄마가 우리 동네의 새로운 반장이 됐어. 이 임명장을 우리 현지 반장 임명장 옆에다가 걸어 둬야겠어."

마을 사람들은 마을 회관에 모여 새로운 반장을 뽑았다. 투표 결과는 엄마의 승리였다. 엄마는 새로운 임명장을 받아들고 뿌듯해했다.

"엄마, 축하해!"

나는 엄마랑 내가 엄청 위대한 사람이 된 것 같은 느낌이 들었다. 반장이라는 말을 떠올리면 어쩐지 어깨에 힘이 들어가고 목이 뻣뻣해졌다. 그런데 사람들의 태도는 엄마랑 내가 반장이 되었을 때나, 아닐 때나 별로 다를 게 없었다. 사람들은 엄마를 어려워하거나 대단하게 생각하지 않는 듯했다. 오히려 더 편하게 여기는 것 같았다. 특히 할머니 삼인방은 더욱더!

"학교 다녀왔습니다."

엄마의 미용실로 가면 할머니 삼인방이 항상 있었다. 마치 소파와 한 몸이 된 듯 딱 들러붙어 앉아 있는 할머니 삼인방은 손을 까딱하며 인사를 했다.

"현지, 안녕?"

"안녕하세요, 할머니들."

"오냐, 오냐!"

할머니 삼인방은 머리도 하지 않으면서 툭하면 미용실에 앉아 수다를 떤다.

"아유, 늙으니까 머리카락도 잘 안 자라네."

"난 파마를 너무 세게 했나 봐. 아직도 이렇게 뽀글뽀글해."

"호호, 난 1년 내내 머리카락을 안 잘라도 될 것 같아."

할머니 삼인방이 매일매일 우리 미용실을 찾아오는 이유는 딱 하나! 이곳이 시원하기 때문이다. 할머니 삼인방은 소파에 앉아 시원한 에어컨 바람을 쐬기 위해 오는 것이다.

“할머니, 저도 더워요.”

나는 할머니 삼인방에게 비켜 줬으면 좋겠다는 표정을 지었다. 할머니들이 제일 시원한 자리에 앉아 있으니 다른 자리에는 바람이 도통 오지 않았던 것이다.

“아유, 좀 기다려. 넌 아직 쌩쌩하니까 조금만 참으면 금방 힘이 날 거다.”

“그래, 젊다는 건 정말 좋은 거지!”

“우리도 현지처럼 저렇게 어릴 때가 있었는데 말이야.”

할머니 삼인방은 눈치 없이 에어컨 바람을 쐬며 씩 웃었다.

할머니 삼인방은 소파만 차지하는 게 아니었다. 할머니들은 점심때가 되면 엄마랑 내 도시락을 바라보며 군침을 꿀꺽 흘리곤 했다. 그러면 엄마는 커다란 양푼을 가져와서 도시락 반찬을 모두 털어 넣고 고추장을 한 숟가락 떠 와서 비빔밥을 만들었다.

“이거라도 같이 드실래요?”

엄마가 물으면 할머니 삼인방은 “아유, 괜찮아. 우리는 배 안 고픈데…….”라고 말하면서 슬쩍 숟가락을 집어 들었다. 그러고는 눈 깜짝할 사이에 엄마랑 내 밥을 몽땅 먹어 치워 버렸다.

“으아아! 나도 배고프다고!”

"조금만 참아. 집에 가서 엄마가 새로 비빔밥을 만들어 줄게."

엄마는 내 머리를 쓰다듬으며 말했다.

"엄마, 혹시 저 할머니 삼인방한테 약점이라도 잡혔어?"

"뭐? 그게 무슨 말이니?"

"그런 게 아니면 왜 꼼짝도 못 해? 할머니들한테 장사에 방해되니까 그만 가 달라고 할 수도 있는 거잖아."

"가게에 손님이 많아 보이면 좋지, 뭐."

"이 코딱지만 한 미용실에 할머니들이 나란히 앉아 있으면 손님들이 오고 싶어도 못 온다고."

내가 투덜거리자 엄마가 진지한 목소리로 말했다.

"현지야, 저 할머니들은 나이도 많고 가족도 없이 적적하게 지내시는 분들이야. 그래서 챙겨 드리는 거란다."

"그걸 왜 엄마가 해?"

"누가 하든 그게 뭐가 중요하겠니? 어르신들은 마땅히 갈 데도 없고 심심하고 외롭잖아. 그럴 때 미용실에 앉아서 이야기도 나누고 함께 밥도 먹고 그러면 좋은 거잖니."

"피."

나는 도무지 그런 엄마의 마음이 이해가 되지 않았다. 그러던 어느 날의 일이었다. 엄마가 몸살감기로 자리에 앓아눕고 말았다. 아빠는 회사 일 때문에 멀리 출장을 가 있어서 우리 집에는 나랑 동생 예지랑 막내 민지밖에 없었다. 끙끙 앓고 있는 엄마에게 뭘 해 줘야 할지, 어떡하면 좋을지 몰랐다.

"엄마, 약이라도 사 올까?"

"엄마, 아프지 마!"

나랑 동생 예지랑 민지는 아픈 엄마 옆에서 울먹거리기만 했다. 그때 누군가 초인종을 '딩동' 하고 눌렀다.

"누구세요?"

"우리야, 우리! 할머니들!"

할머니 삼인방은 누가 먼저랄 것도 없이 문을 열고 들어왔다. 그러고는 맏이 할머니가 부엌에서 죽을 끓이는 동안 다른 할머니들은 엉망이 된 집을 쓱쓱 청소하기 시작했다. 집은 금세 깨끗해지고 눈 깜짝할 사이에 죽이 완성됐다.

"현지 엄마, 천천히 들어요."

"이건 약이야. 죽을 먹어야 약도 먹지!"

"애들은 우리가 챙길 테니 어서 기운 차려!"

할머니 삼인방은 마치 엄마의 진짜 엄마처럼 돌봐 주고 집안일을 해 주었다. 엄마는 기운 없는 목소리로 말했다.

"고마워요, 할머니들."

"우리가 현지 엄마한테 신세를 지는 것에 비하면 아무것도 아니지."

"맞아, 어서 빨리 일어나요!"

나는 그 모습을 보자 눈물이 핑 돌았다.

혼자 사는 노인이나 남편을 여읜 아내, 부모가 없는 아이들은
이 세상에 의지할 곳 없는 사람이므로 다른 사람의 힘을 빌려야만
일어설 수 있다. 그러니 적극적으로 도와주어야 한다. 도와야 할
사람들을 선정할 때 벼슬아치가 살펴야 하는 세 가지 기준이 있으니,
첫째는 나이요, 둘째는 친척이요, 셋째는 재산이다.
나이가 너무 많거나 너무 어리다면 도와주어야 하지만, 그렇지 않고
스스로의 힘으로 먹고살 수 있는 사람은 돌보지 않아도 된다.
또 부모, 형제, 남편, 아내, 자식이 없더라도 돌봐 줄 친척이 있고
형편이 다소 넉넉한 사람은 관에서 돌볼 필요가 없다.

할머니 삼인방의 극진한 간호 덕분에 엄마는 금방 자리를 털고 일어
날 수 있었다. 엄마는 다시 미용실 문을 열었고, 할머니 삼인방은 언제

나 그렇듯 미용실 소파에 앉아 수다를 떨었다.

'아, 이래서 착한 일을 해야 하는 거구나.'

나는 더 이상 그 모습이 불편하거나 짜증 나지 않았다.

2장

마음을 나누는
동네 만들기

뇌물 사건

쌍심지 아줌마가 미용실 앞을 기웃거렸다. 이뿐만이 아니었다. 쌍심지 아줌마는 툭하면 미용실에서 나오는 손님들에게 "뭐 수상한 거 없어요?"라고 물었다. 엄마의 약점을 캐내려는 게 분명했다.

"구관이 명관이라는 말도 몰라요? 두고 봐요! 틀림없이 내가 필요한 날이 올 테니!"

쌍심지 아줌마는 어떻게든 반장 자리를 되찾겠다며 이를 바득거렸다. 나는 그 모습을 보자 괜시리 걱정이 됐다. 쌍심지 아줌마가 두 눈에 불을 켜고 덤비면 무슨 일이 벌어질지 모르기 때문이다.

그러던 어느 날이었다. 쌍심지 아줌마가 동네 사람들을 모두 모아 놓고 큰 소리로 외쳤다.

"동네 사람들! 내 말 좀 들어 봐요!"

"무슨 일인데 그래요?"

사람들이 쌍심지 아줌마 앞으로 모여들었다. 그러자 쌍심지 아줌마가 엄마를 손가락으로 가리키며 외쳤다.

"현지 엄마가 비리를 저질렀어요!"

"비리?"

"무슨 일을 저질렀다는 거지?"

사람들은 모두 갸우뚱하며 엄마와 쌍심지 아줌마를 번갈아 보았다.

"현지 엄마가 뇌물을 받는 걸 내 두 눈으로 똑똑히 봤다고요!"

쌍심지 아줌마는 독수리 3호 아줌마가 코다리 가게에서 나온 음식물 쓰레기를 마음대로 버렸고, 그걸 무마하기 위해 엄마에게 뇌물을 주었다고 소리쳤다. 사람들이 웅성거렸다.

"그게 사실이야?"

"현지 엄마, 어떻게 그럴 수 있어?"

엄마는 아무 말도 하지 못했다. 나는 엄마를 빤히 바라보았다. 나는 눈으로 '엄마, 아니지? 거짓말이지?' 하고 물었다. 하지만 엄마는 고개를 푹 숙인 채 아무 말도 하지 않았다.

"사실대로 말해 봐요! 내가 사진도 찍어 놨어!"

쌍심지 아줌마는 그동안 우리 엄마를 미행하고 있었는데, 우연히 코다리 가게에서 음식물 쓰레기를 길에 몰래 버리는 걸 보았다고 했다. 그때 엄마가 나타나서 독수리 3호 아줌마에게 뭐라고 이야기를 건넸고, 독수리 3호 아줌마는 다급히 주머니에서 돈을 꺼내 주었는데, 엄마는 더는 아무 말 하지 않고 돌아갔다는 것이다.

쌍심지 아줌마는 사람들에게 증거 사진을 보여 주었다. 사진 속에는 엄마가 돈을 받는 모습이 고스란히 찍혀 있었다.

"입이 있으면 말을 해 보시라니까?"

쌍심지 아줌마가 다그치자 독수리 3호 아줌마가 두 팔을 걷어붙이며 나섰다.

"아니, 이 아줌마가 왜 애꿎은 사람을 잡고 그래?"

"당신이 돈을 줬잖아!"

"그래, 줬지! 그 돈은 현지 엄마가 나한테 미리 준 식사비였어. 현지 엄마가 밥을 못 먹거나 굶는 사람들이 찾아오면 음식을 대접해 달라면서 그동안 모은 돈을 준 거라고. 나는 그걸 그냥 받기 미안해서 돌려준 거고."

"흥, 그 말을 믿을 것 같아?"

쌍심지 아줌마는 그럴 리 없다는 표정으로 두 눈에 힘을 팍 줬다.

"그리고 음식물 쓰레기는 내가 몰래 버린 게 아니라 이 동네 길고양이들이 엎어 놓은 거야! 그것 때문에 내가 속상해서 현지 엄마를 부른 거고."

"그걸 어떻게 증명해?"

"요즘 우리 동네에 길고양이가 부쩍 많아졌잖아! 밤마다 고양이 울음소리도 시끄럽고. 그래서 반장한테 일을 처리해 달라고 부탁한 게 잘못인가?"

독수리 3호 아줌마의 말에 독수리 1호와 2호 아줌마가 맞장구를 쳤다.

"맞아, 나도 몇 번이나 해결 좀 해 달라고 부탁했어."

"그랬더니 그건 반장이 할 수 있는 일은 아니지만, 최선을 다해 보겠다고 약속했다고."

"이 고약한 여편네 같으니! 우리 동네를 위해서 하지 않아도 될 일까지 앞장서서 하는 사람에게 누명을 씌우다니!"

독수리 아줌마 삼총사가 일제히 쏘아붙이자 쌍심지 아줌마의 눈에 활활 타오르던 불꽃이 사그라들었다.

"두고 봐요! 내가 현지 엄마의 비리를 반드시 밝혀낼 테니까! 꼬리를 잡고 말 거라고!"

쌍심지 아줌마는 꼬리를 내리며 사라졌고, 사건은 일단락되는 듯했다. 그날 저녁, 엄마는 《목민심서》를 펼쳤다.

"엄마, 뭐 하는 거야?"

"옛날 목민관은 요즘으로 치면 백성을 다스리는 사람이잖니. 국회 의원도 목민관, 시장이나 반장도 목민관이야. 목민관이 어떻게 해야 하는지 살펴보려고. 그래서 앞으로 더 조심해야지."

"아하!"

나는 엄마에게 《목민심서》를 읽어 달라고 졸랐다.

"갑자기 이 책은 왜?"

"생각해 봐. 나도 반장이라고. 반장은 아이들을 돌보는 일을 하니까 목민관이나 마찬가지잖아. 그러니 두고두고 배워야지."

"그렇구나."

엄마는 내게 《목민심서》를 또박또박 읽어 주었다.

❀

목민관이 욕심 없이 깨끗하게 생활하지 않으면 백성들이 그를 도둑이라고 수군거리고 흉을 볼 것이니 부끄러운 일이다. ❀

뇌물을 주고받는 것은 아무리 남몰래 하더라도 곧 많은 사람에게 들키게 될 것이니 함부로 주지도, 받지도 말아야 한다.

비록 사소한 물건이라 할지라도 물건을 받으면

대가를 치러야 하는 법이다.

욕심 없는 벼슬아치를 귀하게 여기는 것은 그가 지나가는 곳은

땅이든, 숲이든, 흙이든, 돌이든 모두 맑은 빛을 받게 되기 때문이다.

무릇 물건이 마을에서 나는 특산물이라 하더라도 그것을 하나라도

받음과 동시에 문제가 생길 수 있으니 함부로 받아서는 안 될 것이다.

하지만 지나치게 정직한 척하고 딱딱하게 구는 것은 사람들의 마음에

상처를 줄 수 있으니 요령껏 잘해야 한다.

청렴한데 일 처리를 잘 못 하고,

관청의 돈을 제대로 쓸 줄 모르면 칭찬할 것이 못 된다.

무릇 다른 가게에서 물건을 사들일 때는 관청에서 정한 가격을

고집하여 값을 주기보다는 주변 시세대로

사들일 수 있도록 해야 한다.

남들이 싸게 샀다고 해서 나도 싸게 사야지 하고 행동하기보다는

잘못된 습관을 바로잡고, 제값을 쳐 줄 수 있는 사람이 되어야 한다.

그리고 무엇보다 굳은 의지로 잘못된 습관을 고치도록 하고,

고치기 어려운 일은 아예 하지 않아야 한다.

엄마가 읽어 주는 내용을 듣고 있으니,《목민심서》를 늘 곁에 두고 읽는 엄마가 무척 자랑스럽다는 생각이 들었다.

우리 엄마가 최고다!

범인을 찾아라!

나는 학교를 마치자마자 엄마의 미용실에 갔다. 마침 엄마는 독수리 아줌마 삼총사랑 수다를 떨고 있었다. 나는 슬그머니 엄마 옆에 엉덩이를 눌러 붙였다. 어른들의 이야기는 들으면 들을수록 재미있단 말이지.

"어머나, 현지 너! 학원에 안 갈 거니?"

"아, 오늘은 가기 싫은데……."

나는 두 눈을 최대한 예쁘게 깜빡거리며 엄마를 향해 싱긋 웃었다. 그러자 엄마가 무서운 목소리로 말했다.

"우리 집에 그런 법은 없다. 당장 가."

결국 나는 깨갱 소리를 내며 학원으로 줄행랑치듯 가야만 했다. 그런데 가만, 언제부터 우리 집에 법이 생긴 거지? 나는 갑자기 의문이 들었다. 하지만 다시 가서 따져 물을 수는 없었다.

그날 저녁의 일이다. 할머니 삼인방 중에 맏이 할머니가 계단에서 넘어졌다는 소식이 들려왔다. 계단에 누가 바나나 껍질을 버렸는데, 그걸 밟는 바람에 넘어져 엉덩이뼈를 다쳤다는 것이었다.

"누가 음식물 쓰레기를 길에다 버린 거야? 우리 동네에 그런 법은 없어!"

엄마는 두 눈을 호랑이처럼 부릅떴다. 당장이라도 온 동네 CCTV를 모두 뒤져서 범인을 찾아내고야 말 듯한 기세였다.

"우, 우리 동네에서는 쓰레기를 마음대로 버렸다가는 큰일 나겠다."

"그러게?"

나랑 예지는 어색한 표정으로 엄마를 바라보았다. 엄마는 반장이 되고부터 툭하면 "법, 법, 법!" 하고 외치며 새로운 법을 마구 만들어 냈다. 나는 엄마의 그런 행동이 어쩐지 과하다는 생각이 들었다.

그사이, 엄마는 날카로운 눈으로 CCTV를 살피다가 마침내 범인을 찾아냈다.

범인은 바로 맏이 할머니네 윗집에 사는 안경 아줌마였다. CCTV에 안경 아줌마가 바나나를 먹고 아무렇게나 껍질을 버리는 모습이 그대로 찍혔다. 엄마는 콧김을 씽씽 내뿜으며 안경 아줌마를 찾아갔다.

"이봐요, 바나나 껍질을 함부로 버리면 어떡해요?"

"내가 버렸다는 증거 있어요?"

안경 아줌마는 뻔뻔했다. 엄마는 CCTV 영상을 휴대 전화로 보여 주었다.

"이래도 발뺌할 거예요? 우리 동네에 이런 법은 없어요. 당장 할머니께 사과하세요."

그러자 안경 아줌마는 잘못을 인정했다. 하지만 자기가 잘못을 저지른 건 맞지만 자기가 전부 책임질 일은 아니라고 소리쳤다.

"애초에 할머니가 조심했으면 될 일이잖아요!"

"아니, 지금 방귀 뀐 놈이 성내는 거예요? 우리 동네에 그런 법은 없어요!"

"아줌마가 법 만드는 사람이에요? 왜 자꾸 법을 만들어요!"

안경 아줌마가 커다란 어깨를 들썩거리며 엄마를 향해 씩씩거렸다. 그러자 엄마가 소리쳤다.

"내가 곧 법이에요! 왜요!"

"아줌마가 뭔데 법을 만들어요?"

"그야…… 나는 이 동네 목민관이나 마찬가지니까요!"

엄마가 어깨를 쫙 펴고 자랑스럽게 외쳤다.

결국 음식물 쓰레기를 아무 데나 버린 안경 아줌마는 맏이 할머니에게 사과하고 동네 사람들에게도 소란을 피워 미안하다고 말해야만 했다. 엄마는 안경 아줌마에게 맏이 할머니가 다 나을 때까지 간호해 달라고 부탁했다.

"알았어요. 그럴게요."

이렇게 사건은 일단락되었다.

그런데 문제가 생겼다.

여기저기 다니며 새로운 법을 만들어 낸 엄마는 그 법이 잘 지켜지도록 하기 위해서는 무엇보다 집안의 법을 바로 세워야 한다고 했다.

"엄마, 나 새 옷 한 벌만 사 주면 안 돼?"

"현지야, 우리 집에 그런 법은 없다. 옷은 무조건 아껴 입고 검소하게 입어야 해."

"피, 그럼 나 게임기 하나만 사 주면 안 돼?"

"어허! 우리 집에 그런 법은 없어. 현지야, 넌 우리 집안의 법에 따라 게임보다는 공부에 더 집중하도록 하여라."

엄마는 뭐든 얘기만 꺼내면 '우리 집에 그런 법은 없다!'라며 딱 잘라

거절했다. 게다가 조금만 불리한 일이 생겨도 "그런 법이 어디 있어요? 난 처음 듣는 말인데?"라며 따졌다.

"아유, 현지 엄마는 법을 너무 좋아해!"

"맞아, 툭하면 법대로 하자고 한다니까?"

"그러면 반장 말고 법관이 되었어야지."

결국 엄마가 하는 일이라면 무조건 옳다며 찬성해 주던 독수리 아줌마 삼총사도, 할머니 삼인방도, 십오시 할아버지도 점점 고개를 절레절레 흔들기 시작했다.

"엄마, 법도 좋지만 이제 그만하셔요!"

"그래, 여보!"

결국 우리는 엄마의 옷자락을 붙잡고 말려야만 했다. 그래도 한동안 엄마의 '법' 타령은 계속되었다.

자신의 마음을 깨끗하게 닦은 뒤에야 집안의 잘잘못을 다스리고, 집안을 다스린 뒤에 나라를 다스려야 하는 법이다. 그러니 고을을 다스리는 자는 먼저 그 집안을 잘 다스려야 한다.
깨끗한 선비는 관직을 얻어 새로운 곳으로 일을 떠날 때 가족을 데리고 가지 않는다. 가족은 아내와 자식을 이르는 것이다.

형제간에 서로 생각이 날 때는 가끔 왕래할 것이나,

그 집에 오래 머물러서는 안 된다.

떨어져 지내던 부인이 내려오는 날에는 아주 검소하게 짐을 싸들고

오도록 당부해야 한다.

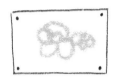

새 옷이 아니라도
자신감 뿜뿜

"이것 좀 봐! 스마트폰 샀다!"

은희가 새로 산 최신 휴대 전화를 내밀며 자랑했다. 아이들은 모두 부러운 표정으로 은희를 보았다.

"오호호, 이걸로 사진을 찍으면 이렇게 잘 찍힌다니까!"

새 휴대 전화의 성능 때문일까. 은희의 셀카 사진이 유난히 예뻐 보였다. 나도 은희의 새 휴대 전화가 부러웠다. 어쩐지 내 휴대 전화가 초라하게 느껴졌다. 하지만 내색은 절대 하지 않았다. 은희가 눈치를 채면 나를 놀릴 것 같아서였다.

이튿날 규철이가 새로 산 가방을 자랑했다. 규철이는 그동안 갖고 싶었던 아이스맨 가방을 구했다며 뛸 듯이 기뻐했다.

그러자 수희도 슬쩍 새 책을 자랑하듯 내밀었다. 영훈이는 새 컴퓨터를 샀다며 자랑했고, 옆 반인 누리는 새로 생긴 킥보드를 자랑했다. 게다가 예지의 짝꿍인 로미까지도 나를 찾아와서 새로 산 장난감 자랑을 늘어놓았다.

"뭐야, 다들 돈벼락이라도 맞은 거야? 나만 빼고?"

나는 괜히 화가 났다. 나도 새 휴대 전화, 새 가방, 새 옷, 새 장난감이 갖고 싶다고! 나는 이대로 참을 수 없다는 생각이 들었다.

"엄마랑 담판을 짓겠어."

나는 콧김을 씽씽 내뿜으며 미용실로 달려갔다. 미용실 문을 딱 열자 엄마가 마침 잘 왔다며 옷을 내밀었다.

"이거 봐, 대장 독수리 아줌마, 아니, 말순 아줌마가 준 거야."

"뭐야, 이 옷은?"

"아줌마 딸이 입던 건데 이제는 작아서 입을 수가 없대. 그래서 내가 얼른 달라고 했지. 어때, 조금만 고치면 새것 같겠지? 이거 엄청 비싼 옷이래!"

나는 엄마의 말을 들으니 눈물이 핑 돌았다.

"엄마는 딸한테 이렇게 구질구질한 옷을 입히고 싶어? 다른 엄마들은 새 옷을 잘만 사 주던데 엄마는 왜 그래?"

"뭐?"

당황한 엄마가 말을 잇지 못했다.

"나도 새 옷을 입고 싶고 좋은 것들이 갖고 싶다고!"

나는 이렇게 소리치며 미용실 문밖으로 뛰쳐나갔다. 엄마가 "현지야!" 하고 부르는 소리가 들렸다. 나는 뒤도 돌아보지 않고 공원으로 뛰어갔다. 공원 벤치에 우두커니 앉아서 눈물을 훌쩍거릴 때였다.

"현지야, 엄마가 새 옷을 안 사 줘서 속상했니?"

엄마가 내 옆으로 다가와 앉으며 물었다.

"흥!"

나는 고개를 팩 돌렸다. 그러자 엄마가 나를 달래듯 부드러운 목소리로 말했다.

"새것도 물론 좋지. 하지만 엄마는 이 동네를 책임지는 반장이잖아. 엄마가 검소하게 모범을 보여야 동네 사람들이 따라 주지 않겠니?"

"반장이면 더 좋은 걸 입고 좋은 걸 써야지!"

"아니, 많은 사람의 본보기가 되는 사람은 절대 그래서는 안 돼."

엄마는 자상하게 《목민심서》의 일부분을 들려주었다.

백성을 잘 다스리는 사람은 반드시 인자해야 한다. 인자하게 하려는 자는 반드시 욕심을 부리지 말아야 하고, 욕심이 없는 사람은 반드시 돈이나 물건, 자원 따위를 낭비하지 않고 아껴 사용해야 한다. 아껴 쓴다는 것은 내가 쓸 만큼을 미리 정해 두고 절약하는 것이다. 쓸 것을 미리 정해 두면 함부로 쓰는 것을 줄이게 되기 때문이다. 옷이라든지 음식은 반드시 사치하지 않고 꾸밈없이 수수해야 한다. 사치를 부리면 그때부터 절약하고자 하는 마음이 줄어들기 때문이다. 집에 손님이 왔다고 해서 음식을 지나치게 많이 내놓는다거나 하는 것도 참아야 한다. 내 개인적인 일 때문에 아끼기 위해 세워 둔 기준을 무너트려서는 안 된다. 가난하고 작은 고을일수록 절약하는 것을 더욱 잘해야 하는 법이다.

이튿날 학교에 도착한 나는 어깨를 쫙 펴고 아이들을 쳐다봤다. 제일 먼저 나를 향해 말을 건 친구는 은희였다.

"어머, 현지야. 못 보던 옷인데?"

"응, 우리 엄마가 주셨어."

"새 옷? 그런데 어딘가 새 옷은 아닌 것 같아."

은희의 말에 다른 아이들도 고개를 갸웃거렸다.

"자세히 보니까 옷을 고친 흔적도 있는데? 이거 새 옷이 맞기는 한 거야?"

나는 아이들을 향해 말했다.

"이건 우리 미용실 단골인 아줌마가 준 거야. 그 아줌마 딸이 입던 옷인데 작아서 더 이상 입을 수가 없대."

"어머머, 남이 입던 옷이라고?"

은희는 내가 불쌍하다는 듯한 표정을 지었다. 하지만 나는 아랑곳하지 않았다.

"넌 남이 입던 옷을 입는데 아무렇지도 않아?"

"뭐 어때, 구멍이 난 것도 아니고 빛이 바랜 것도 아닌데. 내가 너처럼 평범한 집안의 아이라면 새 옷을 사 입었겠지. 하지만 나는 모든 사람에게 모범이 되어야 하는 반장 엄마를 뒀잖아. 그러니 어쩔 수 없지."

"뭐?"

"그리고 난 또 이 반을 책임지는 반장이기도 하잖아. 내가 사치를 부리고 아무거나 펑펑 사고 그러면 되겠어? 그러면 우리 반 아이들도 물건을 아껴 쓰지 않으려 할 거잖니?"

내가 당당하게 말하자 은희는 떨떠름한 표정으로 "그, 그렇지." 하며 고개를 끄덕였다.

"자, 애들아. 우리 반 반장으로서 한마디 할게. 앞으로는 어른들에게 새것을 사 달라고 조르기보다는 아껴 쓰는 법을 배우고 익히자."

내 말을 들은 아이들은 모두 얼떨결에 고개를 끄덕였다.

나는 어깨를 쫙 펴고 당당하게 앞을 바라보았다. 새 옷이 아니었지만 내 마음에 쏙 드는 스타일이었다.

'어쩐지 이 옷을 입으니까 자신감이 더 뿜뿜 샘솟는 것 같아.'

은혜로운 온수기

우리 동네에는 15시, 그러니까 오후 3시가 되면 폐지가 잔뜩 든 수레를 끌고 미용실 앞을 지나가는 할아버지가 있다. 엄마랑 동네 사람들은 그 할아버지를 십오시 할아버지라고 부른다.

"저 할아버지가 또 저러고 지나가네. 돈도 많은 양반이 왜 저러고 사는 건지 모르겠어."

"십오시 할아버지 말이에요?"

나는 아줌마들의 이야기에 불쑥 끼어들었다.

"그래, 저 할아버지가 사실 엄청난 부자라지 뭐야. 들리는 말로는 집

이 몇 채나 있다던데?"

"에? 전혀 그렇게 안 보이는데!"

폐지를 주우러 다니는 십오시 할아버지는 옷차림도 꾀죄죄하고 신발도 아주 많이 낡았다. 게다가 십오시 할아버지는 절대 돈을 함부로 쓰는 법이 없었다. 슈퍼에서 물건을 사더라도 꼭 할인하는 것이라든지, 유통기한이 임박해 싸게 내놓은 것만 골라서 샀다. 어떤 때는 유통기한이 지나서 버려야 하는 것들을 공짜로 얻어 가기도 했다.

"부자 할아버지가 왜 저렇게 사는 거지?"

나는 아줌마들이 뭔가 잘못 알고 있는 거라 생각했다.

며칠 후 학교를 마치고 오는 길에 나는 십오시 할아버지가 엄마에게 큰 소리를 치는 모습을 보았다. 십오시 할아버지는 엄마에게 뭔가를 달라며 막무가내로 소리를 질렀다.

"안 돼요, 그 쌀은 가난한 사람들에게만 나눠 주는 거라고요."

"현지 엄마, 나랑 모르는 사이도 아니잖아. 그러니까 그냥 쌀 한 부대만 달라고. 뭐 어때서 그래?"

십오시 할아버지가 달라며 조르는 건 구청에서 나눠 주는 쌀이었다. 그 쌀은 형편이 어려운 사람들을 위한 것이었다. 그런데 십오시 할아버지가 자신도 달라며 졸랐다.

"할아버지, 할아버지는 형편이 넉넉하시잖아요. 그러니까 이걸 받으실 수 없어요."

"아니, 구청에서 나온 쌀이 현지 엄마 것도 아니잖아! 그러니까 그냥 주면 좀 좋아?"

"할아버지, 나라의 재물을 훔쳐서 사사로이 사람을 구제하는 것은 예가 아니라고 했어요. 할아버지께서 정말 어려운 형편이면 그때 도와드릴게요. 이 쌀은 나눠 드릴 수 없지만 대신 시원한 물이나 음료수는 얼마든지 드릴 수 있어요."

"흥!"

십오시 할아버지는 엄마를 힐끗 노려보더니 수레를 끌고 돌아갔다.

"엄마, 저 할아버지는 엄청 구두쇠인가 봐. 그런데 가족은 없어? 혼자 사시는 것 같던데."

"그래, 아끼기만 하고 써야 할 때 쓰지 않으면 친척도 멀어지는 거지. 베풀기를 좋아하는 것은 덕을 심는 근본이라는 말도 있잖니."

나중에 알게 된 사실인데 십오시 할아버지에게는 자식이 무려 셋이나 있다고 했다. 그런데 지나치게 아끼기만 하고 쓸 줄 모르는 할아버지 때문에 사이가 멀어진 것이라고 했다. 엄마는 할아버지에게 물질이나 돈 말고 마음을 넉넉하게 나눠 주어야겠다고 중얼거렸다.

"마음을 나눠 준다고?"

"그래, 은혜를 베푸는 건 물질적인 것만이 아니란다. 마음으로 나눠 줄 수도 있는 거지. 예를 들어서 할아버지를 보면 반갑게 인사하고, 편찮은 곳은 없는지 물어보는 것도 마음을 나누는 것이지."

나는 엄마가 왜 그렇게 고약한 할아버지에게까지 은혜를 베풀려는 것인지 이해가 잘 가지 않았다.

가난한 친구나 형편이 어려운 친척을 도와줄 때도 기준을 세워야 한다. 내가 남들보다 많이 가진 것이 있다면 어려운 사람들에게 베풀어도 좋으나 나라의 재물을 훔쳐서 사사로이 사람을 도우려 하는 것은 예가 아니다. 월급을 아껴서 가난한 이웃들에게 나눠 주고 내가 농사지은 것을 친척들에게 보태 준다면 원망하는 사람이 없을 것이다.

귀양(옛날 죄인을 먼 변방이나 외딴섬에 보내어 살게 하던 형벌)을 사는 사람이 가난하고 힘들게 산다면 불쌍히 생각해서 돌보아 주는 것도 또한 어진 사람의 힘쓸 바다. 전쟁 때문에 터전을 잃고 떠돌아다니는 사람이 의지하려 하면 친절하게 받아들이는 것이 의로운 사람이 해야 할 일이다.

하지만 권력을 가진 사람에게 인심을 후하게 쓰고
친해지려 해서는 안 된다.

엄마는 《목민심서》를 읽어 주며 이렇게 말했다.

"사람은 뭐든 나눠야 하는 법이야. 그리고 목민관은 더더욱 백성들에게 많은 것을 나눠야 하는 것이고."

그날 이후 엄마는 십오시 할아버지를 볼 때마다 시원한 물을 드리거나 안부를 묻고는 했다. 그러면 십오시 할아버지는 떨떠름한 표정으로 "일없어!"라며 쌀쌀맞게 대꾸했다. 하지만 속으로 그런 관심이 썩 나쁘지 않은 눈치였다.

하루는 내가 학교를 마치고 미용실로 가고 있는데 십오시 할아버지가 나를 향해 손을 까딱거렸다.

"애, 아가, 이리 와 보렴."

"저요?"

"그래, 너 저 미용실 아줌마의 딸이지?"

"네, 현지라고 해요."

"그래, 이거 내가 주운 거야. 엄마한테 이거 쓰라고 해."

십오시 할아버지가 내민 건 온수기였다. 나는 두 눈을 휘둥그렇게

뜨고 온수기와 십오시 할아버지를 번갈아 보았다.

"할아버지, 우리 엄마 미용실에 온수기가 고장 난 건 어떻게 아셨어요?"

"사람들이 머리 감을 때마다 차갑다고 소리치는 걸 들었지."

"우아!"

안 그래도 엄마는 툭하면 고장 나는 온수기 때문에 골치를 앓고 있었다. 하지만 온수기 값이 워낙 비싸서 새로 사는 것은 엄두도 내지 못했다. 그런데 십오시 할아버지가 주운 것이라며 내놓은 온수기에는 가격표가 그대로 붙어 있었다.

"할아버지, 정말 이걸 엄마한테 선물로 주려고요?"

"온수기 물 때문에 미용실 손님이 줄어들면 미용실이 망할 수도 있잖니. 그럼 나는 일하다 목마를 때 어디서 물을 얻어먹겠어?"

십오시 할아버지가 싱긋 웃으며 대답했다.

'아, 이래서 나누고 베푸는 생활이 중요한 거로구나.'

나는 뭔가 크게 배운 느낌이었다.

3장

오세요,
천원 식당!

고기가 먹고 싶을 때
손등 맛보기

"휴!"

수희가 땅이 꺼지도록 한숨을 내쉬었다. 나는 고개를 갸웃하며 물었다.

"수희야, 왜 그래? 무슨 고민이라도 있어?"

"그게 말이지……."

수희는 식당을 하는 부모님 때문에 걱정이라며 한숨을 또 푹푹 내쉬었다. 요즘 장사가 안되는 탓에 부모님이 무척 힘들어한다는 것이다.

"네가 걱정한다고 장사가 잘될 리도 없잖아. 그러니까 그냥 떡볶이나 먹자. 오늘은 내가 쏠게!"

그때 규철이가 불쑥 나타났다.

"나도 사 줄 거야?"

"그, 그래."

참 신기한 일이다. 먹는 것만 얘기하면 규철이가 나타난다. 규철이는 어디서든 '떡볶이'라든지, '순대', '치킨팝' 같은 말이 크게 들리는 모양이다.

"현지야, 잘 먹었어!"

"우리 때문에 돈을 너무 많이 쓴 것 같아서 걱정이네. 미안."

나는 수희랑 규철이랑 떡볶이를 사 먹느라고 용돈을 모두 쓰고 말았다. 하지만 별걱정은 하지 않았다. 엄마한테 또 용돈을 달라고 조르면 된다고 생각했기 때문이다. 나는 입가에 묻은 떡볶이 국물을 닦고는 엄마의 미용실로 달려갔다.

미용실에는 생각보다 손님이 많았다. 어제도 손님이 북적거리더니 오늘도 손님이 몇 명이나 대기하고 있을 정도였다.

"엄마, 우리 미용실이 요즘 장사가 잘되나 봐!"

"그러네."

"엄마, 오늘 저녁은 삼겹살 구워 먹자!"

"안 돼, 아껴야지."

"피, 다른 집은 장사가 안돼서 걱정이라는데 우리 집은 손님이 이렇게나 많잖아. 그깟 고기 좀 사 먹는다고 무슨 일이 벌어지겠어?"

나는 입술을 삐쭉 내밀었다. 하지만 엄마는 삼겹살은 안 된다며 못을 박듯 말했다. 그날 저녁, 엄마가 김치볶음밥을 만들었다.

나랑 예지는 실망한 표정으로 배를 어루만졌다.

"엄마! 우리 고기 먹자! 고기!"

"내 배가 고기를 달라고 노래하고 있어. '꼬오기! 꼬오기!' 하고!"

엄마는 절대 안 된다고 야무지게 말했다.

"아니, 왜 안 된다는 거야?"

"요즘 경기가 얼마나 어려운지 몰라서 그래? 이럴 때일수록 바짝 아껴야지."

"힝!"

엄마는 구두쇠 스크루지 영감도 울고 갈 정도로 모든 걸 아끼고 또 아꼈다. 그로부터 몇 주 동안 우리 집 식탁 위에는 나물 반찬만 계속해서 올라왔다. 나는 고기가 먹고 싶어서 안달이 날 정도였다.

"아, 고기 먹고 싶다……."

나는 혀를 쭉 내빼고 손등을 할짝할짝 핥았다. 그걸 본 수희가 두 눈을 휘둥그레 치켜떴다.

"현지야, 뭐 하는 거야?"

"고기가 너무 먹고 싶어서 내 손등은 어떤 맛인지 핥아 본 거야."

"고기? 우리는 어제 먹었는데."

"뭐? 너희 집은 요즘 장사가 안돼서 어렵고 힘들다며? 그런데도 고기를 먹었단 말이야?"

"응, 엄마가 이런 때일수록 잘 먹고 힘을 내야 한다며 사 주셨어."

그 말을 들으니 눈물이 핑 돌았다.

"우리 엄마랑 너희 엄마랑 바꿀 수는 없을까?"

그날 저녁, 놀라운 일이 벌어졌다. 엄마가 오랜만에 고기 파티를 하겠다고 선언한 것이다. 이튿날 나는 학교를 마치자마자 엄마의 미용실로 달려갔다. 그런데 미용실에는 예지와 막내 민지 말고도 다른 사람이 많았다. 독수리 아줌마 삼총사, 할머니 삼인방, 십오시 할아버지, 심지어 쌍심지 아줌마까지 있었다.

"여러분, 오늘 다들 이렇게 모여 달라고 부탁드린 건 고기 파티를 하려고 그런 거예요. 고기는 넉넉하니까 많이 드세요."

엄마가 사람들을 향해 수줍게 웃음을 지었다.

"이 많은 사람이 다 함께 고기를 나눠 먹을 거라고?"

나는 믿어지지 않는 표정으로 엄마와 사람들을 번갈아 보았다.

"현지야, 예지야, 그동안 우리 가족이 아낀 식비로 고기를 산 거란다. 자주 못 사 줘서 정말 미안해."

엄마는 내 머리를 쓰다듬으며 말했다.

🌸

농사가 잘 안된 해에 가난을 구제하는 일은 백성을 자식처럼
생각하는 마음이니 아주 중요한 일이다. 목민관의 재능은 여기에서
볼 수 있다. 흉년에 가난한 백성을 돕는 일을 잘한다면 그것이야말로
목민관의 맡은 일은 다 했다고 할 수 있다.
흉년에 힘들어진 백성을 도우려면 미리미리 준비해야 한다.
미리 준비해 두지 않고 흉년이 들었을 때에야 도우려 하면
모두 힘들어지게 될 것이다.
곡식 창고에는 따로 백성을 돕기 위해 저장해 둔 곡식이 있으니,
관청에서 저축한 것이 있는지 없는지 잘 조사해 두었다가
그해의 농사가 잘 안될 것 같으면 급히 백성들에게 곡식을
나눠 주고 세금을 줄여 줄 방법을 의논해야 한다.
먼 곳에서 곡식을 빌려 올 수도 있지만,
그것보다는 창고에 미리 잘 저장해 두었다가 필요한 때
백성을 위해 사용할 수 있도록 해야 한다.

그날 나랑 예지는 고기를 배가 터지도록 먹고, 또 먹었다. 엄마가 고기를 사자 쌍심지 아줌마는 상추를 샀고, 독수리 아줌마 삼총사는 김치랑 밑반찬을 가져왔다. 그렇게 모두 모여서 고기를 먹는 동네 사람들의 얼굴에는 웃음꽃이 활짝 피었다. 혼자 배부르게 먹는 고기도 맛있겠지만 다 함께 모여 먹는 고기는 더욱더 맛있는 것 같다.

홍수 이겨 내기

며칠째 비가 쏴아아! 마치 하늘에 구멍이라도 난 것처럼 비가 쏟아졌다. 비 때문에 학교도 휴교할 정도였다. 나랑 동생 예지는 엄마의 미용실 소파에 드러누운 채로 휴대 전화만 만지작거렸다. 유리창 너머로 쏟아지는 비는 좀처럼 멈출 것 같지 않았다.

"비가 오니까 너무 지루해."

"맞아, 놀러 가지도 못하고 친구들이랑 놀지도 못하고 온종일 갇혀 있어야 하잖아."

나랑 예지가 입이 찢어지도록 하품을 할 때였다. 엄마가 부랴부랴

앞치마를 벗으며 말했다.

"아유, 현지야! 미용실 좀 봐 줘야겠다."

"왜? 어디 가려고?"

"동 주민 센터에서 사람들이 나와서 침수 피해를 입은 집이 없는지 살펴보고 있다는구나. 엄마는 이 동네 반장이잖니. 그러니 함께 살펴야지."

엄마가 비옷을 입으며 말했다. 나는 엄마에게 따라가고 싶다고 졸랐다.

"넌 왜?"

"내가 도울 일이 있을지도 모르니까 그러지. 아빠가 출장 가 있는 동안은 아빠를 대신해서 내가 엄마를 도와야 한댔어. 그러니까 나도 같이 가야 해!"

나는 위험한 곳에 가지 않겠다고 약속하고 엄마랑 동네를 살펴보러 나섰다. 그런데 할머니 삼인방 중 둘째 할머니 댁으로 가는데 배수구가 꽉 막혀 있고, 주변이 물바다가 되어 있었다. 엄마랑 공무원 아저씨는 서둘러 둘째 할머니 댁의 문을 두드렸다. 그러자 바가지로 물을 퍼내느라 정신 없는 할머니가 부랴부랴 문을 열었다.

"할머니, 괜찮으세요?"

"아유! 우리 집 안으로 물이 들어오고 있어!"

"서두르세요. 빨리 피하셔야 해요!"

할머니의 집은 물 때문에 엉망이었다. 바닥에는 물이 고여 있었고 전자제품은 물론 이불까지 몽땅 젖어 있었다.

"할머니, 당장 대피소로 피하셔야 해요! 여기는 위험해요!"

엄마는 발만 동동 구르고 있는 둘째 할머니를 재촉했다.

"그래도 내 집을 두고 어딜 가겠어. 나는 여기 있을래."

엄마는 긴급 대피소에 잠잘 자리가 마련되어 있다고 알려 주었다. 할머니는 마지못해 대피소로 향했다.

그날 저녁, 엄마는 마을 사람 중에 홍수로 피해를 본 사람이 꽤 있다며 한숨을 내쉬었다.

"안 그래도 어려운 형편인데 수해까지 입었으니 어쩌면 좋아."

엄마의 말에 나는 고개를 갸웃했다.

"엄마, 그러면 부자들한테 돈을 좀 나눠 달라고 하면 안 되는 거야? 기부해 달라고 하는 거지."

"그럴 수는 없어. 예로부터 억지로 부유한 사람들에게 곡식을 나누어서 굶주리는 백성을 구제할 것을 권하는 것이 아니라고 했어."

"왜?"

"은혜를 베풀어 주면 고마운 일이지만 그걸 강요할 수는 없는 일이야."

엄마는 《목민심서》를 한참이나 뒤적이더니 우리에게 딱 맞는 구절을 찾았다.

농사를 망쳤을 때 부유한 사람들에게 곡식을 나누어 달라고 말하면,
부자들은 선뜻 도와주려 하지 않을 것이고, 가난한 백성들은
파리처럼 모여 먹을 것을 나누어 달라고 조를 것이니 이런 행동은
조심해야 한다. 또 백성들을 도우려 할 때 마치 그것을 자기 것처럼
삼는 자가 있을 것이다. 가난하고 굶주린 사람의 입속의 재물을
도둑질하면 그 소문이 변방에까지 들리고
재앙이 자손에게까지 미칠 것이니 도둑질할 생각이 절대로
마음속에서 싹터선 안 된다.
남쪽 지방 여러 절에 혹 부유한 중이 있으면
절의 곡식을 어려운 사람들에게 나누어 줄 수 있도록 권하는 것도
마땅히 해야 할 일이다.

"그러면 우리가 먼저 모범을 보이면 어때? 나는 둘째 할머니를 위해서 이번 달 용돈을 전부 기부하겠어."

예지가 불쑥 끼어들었다.

엄마는 좋은 생각인 것 같다며 동네 사람들끼리 기부 운동을 해 보자고 했다. 그러고는 동네 사람들에게 피해를 본 이웃을 돕자고 문자를 보냈다. 독수리 아줌마 삼총사가 가장 먼저 답장을 보내왔다.

"어머, 1호 독수리 아줌마가 안 입는 옷을 챙겨 오겠대. 세상에, 2호 독수리 아줌마는 비상약을 준비하겠다네. 3호 독수리 아줌마는 그동안 저금해 둔 돈을 50만 원이나 기부하겠다고 약속했어."

더욱 놀라운 건 십오시 할아버지였다. 구두쇠로 소문난 십오시 할아버지가 피해를 본 동네 사람들을 위해 써 달라며 500만 원이나 기부를 한 것이다. 사람들은 십오시 할아버지의 통 큰 기부 소식을 듣고 두 눈이 휘둥그레졌다.

엄마가 시작한 기부 운동은 아주 활발하게 진행되었다. 동네 사람들이 십시일반 가진 것을 나눠 주겠다고 약속했다. 십시일반은 밥 열 숟가락이 모여 밥 한 공기가 된다는 뜻이다.

"뭐, 뜻이 좋으니까 나도 동참하겠어."

쌍심지 아줌마도 기꺼이 돈을 내놓겠다며 지갑을 열었다. 이렇게 해서 우리 마을 사람들은 홍수로 입은 피해를 조금이나마 메꿀 수 있었다.

이틀 뒤, 드디어 비가 그쳤다.

"자, 이제는 우리 모두 힘을 합쳐서 물에 잠겼던 집을 고쳐 보자고!"

엄마는 동네 사람들에게 함께 참여해 달라고 부탁했다. 그러자 철물점 아줌마도, 세탁소 아저씨도, 정육점 아저씨도 하던 일을 멈추고 달려왔다.

이렇게 모두가 노력한 덕분에 집이 물에 잠긴 피해를 본 수재민들이 모두 무사히 집으로 돌아올 수 있었다.

나는 사람들의 작은 도움이 얼마나 큰 힘이 되는지 새삼 느낄 수 있었다.

천원 식당

"엄마, 뭐 하는 거야?"

아침부터 엄마가 무언가를 분주하게 만들고 있었다. 나는 부스스 눈을 비비며 물었다. 엄마는 반찬을 만드는 중이라고 했다.

"무슨 반찬을 그렇게 많이 만들어?"

"밥 말고 반찬만 먹어도 배가 터지겠다."

"이건 동네 사람들하고 다 같이 나눠 먹을 반찬이야."

엄마의 말에 나랑 예지는 눈을 동그랗게 떴다.

"동네 사람들하고 나눠 먹는다고?"

"그래, 며칠 전에 유모차 할머니를 만났단다. 그 할머니가 누군지는 알지?"

"응."

유모차 할머니는 허리가 기역자로 굽은 분이다. 혼자 힘으로는 제대로 걸을 수가 없어서 늘 유모차를 끌고 다닌다.

"그 할머니가 혼자 살고 계시잖아. 그런데 며칠 전에 쓰러져서 병원에 가게 되었지 뭐야."

놀랍게도 유모차 할머니는 영양실조였다고 한다. 혼자 살면서 음식을 제대로 먹지 못해서 그런 거라고 했다.

"그래서 그 할머니를 위해 반찬을 만드는 거란다."

엄마는 유모차 할머니 댁에 반찬을 갖다 드렸다. 그러자 유모차 할머니가 엄마의 손을 꼭 붙잡으며 이런 부탁을 했다고 한다.

"현지 엄마, 나는 괜찮으니까 이 반찬을 골목 끝 집에 사는 할아버지께 갖다 드려요. 그분은 먹을 게 없어서 하루에 겨우 한 끼도 못 드신다지 뭐야."

"어머, 정말요?"

엄마는 동네 할아버지, 할머니 중에 형편이 어려워서 식사도 제대로 못 하는 사람이 있는지 살펴보아야겠다고 했다.

그로부터 며칠 뒤 엄마는 미용실 간판 밑에 커다란 플래카드를 붙였다.

"짠, 현지 식당!"

"에? 갑자기 미용실은 관두고 식당을 하려는 거야?"

내가 두 눈을 동그랗게 뜨며 묻자 엄마가 고개를 가로저었다.

"아니, 현지 식당은 하루에 딱 한 끼만 식사를 파는 식당이야. 식사조차 하기 어려운 이웃들에게 싼값에 밥을 먹을 수 있게 하는 거지."

"밥값이 얼만데?"

"단돈 천 원!"

"에이, 그 돈으로 어떻게 식당을 운영하려고? 밥 한 그릇을 팔면 손해가 더 나겠는데?"

하지만 그런 걱정은 말끔하게 해결됐다. 밥 짓는 데 필요한 쌀은 동주민 센터에서 후원을 받았고, 채소 가게 아줌마가 조금 덜 싱싱한 채소를 기부해 주기로 했다. 정육점 아저씨는 고기를 기부해 주었고, 생선 가게 아줌마는 생선을 싼값에 팔았다.

"자, 드디어 현지 식당 오픈이다!"

현지 식당이 문을 열자 사람들이 북적북적 찾아왔다. 손님의 대부분은 할아버지와 할머니였다. 우리 동네뿐만 아니라 이웃 동네에서도 소식을 들은 손님들이 식당을 찾았다. 하지만 엄마는 누구든 식당을 찾는 사람에게는 단돈 천 원에 밥을 먹을 수 있도록 했다.

"이렇게 모여서 밥을 먹으니 밥맛이 더 좋은 것 같아요."

"하루에 한 끼라도 이렇게 든든히 먹을 수 있으니 얼마나 다행인지 몰라요."

손님들은 엄마가 차려 준 밥을 맛있게 먹었다. 하지만 또 다른 문제가 생겼다. 엄마 혼자 동동거리며 밥을 하고 반찬을 만들고, 설거지하고 식당을 정리하고 나서 미용실 일까지 하다 보니 몸살이 나고 만 것이다.

엄마는 밤새도록 끙끙 앓았다. 그 모습을 본 나랑 예지는 속이 상했다.

"엄마가 슈퍼맨도 아니고 혼자만 너무 힘들잖아."

"맞아, 식당은 당분간 문을 안 여는 게 좋을 것 같아."

하지만 엄마는 어르신들의 끼니가 걱정된다며 아픈 몸을 이끌고 미용실로 향했다. 나랑 예지는 엄마가 쓰러질까 봐 조마조마한 마음으로 뒤를 따랐다. 그런데 이게 웬일인가. 미용실에 사람들이 북적북적했다.

"어머, 현지 엄마! 몸은 괜찮아?"

"아프다면서? 그래서 우리가 대신 음식을 준비하려고 왔지."

독수리 아줌마 삼총사가 엄마를 향해 말했다. 그러자 할머니 삼인방이 음식 나르고 치우는 일은 책임지겠다며 씩 웃었다.

"난 음식 재료를 배달하겠소."

십오시 할아버지도 밥값을 하겠다며 나섰다. 사람들이 모두 팔을 걷어붙이고 도운 덕분에 현지 식당은 다시 문을 열 수 있었다.

"반찬이 더 맛있어진 것 같아요!"

"오늘도 이렇게 맛있는 밥을 싸게 줘서 고마워요."

식당을 찾은 손님들은 엄마와 동네 사람들을 향해 꾸뻑 인사했다. 그 모습을 본 나는 얼른 커서 엄마의 현지 식당을 도와야겠다는 생각이 들었다.

그날 저녁, 나는 《목민심서》를 펼쳤다. 흉년에 형편이 어려워진 사람들을 돕는 방법이 나와 있었다. 나는 책을 읽으며 몇 번이고 고개를 끄덕였다. 엄마가 식당을 차린 이유가 무엇인지 알 것 같았기 때문이다.

흉년에 어려운 백성을 구하는 방법에는 두 가지가 있다.
첫 번째는 때를 잘 맞추는 것이요, 두 번째는 도움의 크기가 제대로 된 것이어야만 한다.
예를 들어서 물에 빠진 사람을 건지는데 나중에, 나중에 하고 미루면 그것이 도움이 되겠는가. 또 지나치게 작은 도움을 준다면 도움을 받았지만 받은 것 같지 않을 것이니 도움은 평등하게 주고, 어려운 사람에게는 더 많은 도움을 주어야 한다.

굶주린 사람을 도울 수 있는 장소를 설치하는 데에는 작은 고을은 마땅히 한두 곳에 그칠 것이요, 큰 고을은 모름지기 10여 군데에 이를 것이니 이는 바로 오래전부터 내려오는 법도다.

어진 사람이 가난한 백성을 도와주려면 먼저 불쌍한 마음을 가져야 하고, 우리 고을 사람들뿐만 아니라 다른 고을에서 온 사람들도 차별 없이 도와줄 수 있어야 한다.

4장

도적, 귀신, 그리고 호랑이

좀도둑은
바람이어라

"어?"

수희가 무언가를 찾고 있었다. 나는 무얼 잃어버린 거냐고 물었다.
수희는 아빠한테 받은 용돈을 잃어버렸다고 했다.

"얼만데?"

"다 쓰고 오백 원 남았는데……."

"이상하다. 아까 규철이도 돈을 잃어버렸다면서 찾고 있던데."

"혁, 혹시 우리 반에 도둑이 든 건 아닐까?"

수희의 말에 나는 고개를 가로저었다.

"에이, 도둑이면 더 큰돈을 훔쳐 가겠지. 뭐 하러 동전을 훔치겠어?"

"그런가? 힝, 나한테는 엄청 큰돈이라고!"

나는 수희를 도와 교실 바닥을 샅샅이 훑었다. 하지만 눈을 씻고 찾아봐도 동전은 보이지 않았다. 우리는 어쩔 수 없이 집으로 돌아가야 했다. 그날 저녁, 나는 엄마로부터 놀라운 소식을 들었다.

"글쎄, 요즘 우리 동네에 좀도둑이 기승이라지 뭐야."

"좀도둑?"

"그래, 독수리 1호 아줌마네 집에 걸어 둔 빨래가 감쪽같이 없어지는가 하면 할머니 삼인방 중에 맏이 할머니가 모아 둔 십 원짜리 저금통이 사라지기도 했대."

심지어 할머니 삼인방 중 셋째 할머니의 집에 배달되는 우유가 사라지기도 하고, 십오시 할아버지의 화단에 열린 고추가 사라진 적도 있다고 했다. 쌍심지 아줌마도 옥상에 말려 둔 고구마 말랭이가 사라졌다며 투덜거렸다고.

"애걔, 도둑이 그런 하찮은 걸 훔쳐 간단 말이야?"

내 말에 엄마가 핀잔을 주듯 대꾸했다.

"그러니까 좀도둑이지."

나는 속으로 우리 반에서 동전이 사라진 것도 좀도둑의 짓일지 모르겠다고 생각했다. 그러나 대체 누가 그런 짓을 한 것인지 단서조차 찾을 수가 없었다. 그렇게 며칠이 지났다.

"현지 엄마, 이리 좀 나와 봐요!"

십오시 할아버지가 큰 소리로 고래고래 엄마를 불렀다. 때마침 미용실에 앉아 있는 할머니 삼인방이랑 독수리 아줌마 삼총사가 모두 고개를 내밀었다. 그러자 십오시 할아버지는 자기 손으로 좀도둑을 잡았다고 외쳤다.

"도둑을 잡았다고요?"

"그래, 이 사람이 우리 집 화단에 심어 둔 방울토마토를 몰래 따 먹지 뭐야. 수법을 보아하니 한두 번 훔친 솜씨가 아닌 것 같았어."

십오시 할아버지가 끌고 온 사람은 처음 보는 아저씨였다.

"엇, 저 옷은!"

독수리 1호 아줌마는 그 아저씨가 입고 있는 파란색 셔츠를 보고는 눈이 휘둥그레졌다.

"왜 그래요?"

"저건 우리 남편 거라고요! 내가 빨아서 널어 둔 건데 감쪽같이 사라졌지 뭐예요."

"어머머, 그러고 보니 저 양말! 저건 우리 아들 건데!"

"저 목에 수건, 저건 우리 집 거라고!"

드디어 좀도둑이 잡혔다. 사람들은 좀도둑에게 당장 벌을 내려야 한다며 웅성거렸다. 그때 구석에서 《목민심서》를 뒤적거리며 찾아본 엄마가 "안 돼요!"라고 외치며 끼어들었다.

"아니, 어째서요?"

"이것 좀 들어 보세요."

소송의 판결을 할 때는 무엇보다도 성의 있게 해야 한다. 어떻게 해야 성의 있는 판결이 될까. 그것은 누가 봐도 도리에 어긋나지 않는 일을 하는 것이다. 그리고 판결을 내리는 사람은 항상 자신을 바르게 하고서 백성을 깅개하고 가르쳐서 잘못을 바르게 잡아 주어야 한다. 그래야 억울하다며 다시 판결해 달라고 하는 일이 없을 것이다. 판결 처리를 물 흐르는 것처럼 쉽게 하는 것은 타고난 재치와 꾀가 있어야 할 수 있는 일이고, 매우 위험한 일이다. 사건을 판결할 때는 반드시 사람의 마음을 속속들이 파헤쳐서 누구에게도 억울한 일이 없도록 해야 한다. 그리고 억울한 일이 없도록 재판을 할 때는 시간이 걸리더라도 억울한 일이 없는지 잘 살펴보아야 한다. 억울한 백성이 늘어나면 마을을 다스리는 일이 어려워진다.

그리고 관아로 달려와서 억울함을 외치는 백성들이 부모의 집을 찾아오듯 편한 마음으로 찾아올 수 있도록 하는 것이야말로 어진 목민관이 할 일이다. 무엇보다도 억울함이 있을 때 급하게 달려와서 고발하는 사람의 이야기를 그대로 믿어서는 안 된다. 그 말이 사실인지 아닌지를 잘 살펴야 한다.

엄마는 《목민심서》의 구절을 또박또박 소리 내어 읽었다.

"그러면 뭘 어떻게 해야 하는 거지?"

"먼저 사실을 살펴야죠. 저기요, 그 옷은 대체 어디서 난 거예요? 정말 아저씨가 물건을 훔친 건가요?"

엄마가 묻자 아저씨는 고개를 가로저었다.

"아, 아닙니다. 배가 고파서 방울토마토를 따 먹은 건 맞지만 나머지는 모두 버려진 걸 주웠을 뿐이에요."

"네?"

"이 옷도, 이 양말도 길가에 떨어져 있더라고요. 그래서 저는 누가 버린 건 줄 알고 그만…… 정말 죄송합니다."

엄마는 아저씨의 말이 맞는지 살펴보자며 길거리에 설치된 CCTV를 보기로 했다. 그런데 놀랍게도 아저씨가 길가에 떨어져 있는 옷을 줍는 모습이 보였다.

"맞다, 며칠 전에 바람이 엄청나게 불었어."

"그래, 그랬지. 간판이 떨어질 정도로 센 바람이었지."

"그러면 우리 동네 좀도둑은 바람인 거야?"

내가 불쑥 끼어들어 물었다. 동네 사람들은 머리를 긁적이며 멋쩍은 표정을 지었다. 그렇게 사건은 일단락되었다.

이튿날 나는 학교에 가자마자 주변을 다시 살피기 시작했다. 그런데 마룻바닥 사이로 틈이 빼꼼 벌어져 있었다.

나는 틈을 살피다가 긴 자를 넣어서 안을 뒤적거렸다. 그러자 그 속에서 동전, 볼펜, 머리핀, 쪽지 따위가 우수수 나왔다. 그랬다. 우리 반의 좀도둑은 바로 벌어진 마루 틈새였다.

고구마 말랭이 도둑

"진짜 범인을 잡았다!"

토요일 아침부터 십오시 할아버지가 동네방네 소리를 질렀다. 십오시 할아버지가 이번에는 진짜 좀도둑을 잡았다.

엄마는 미용실 청소를 하다 말고 밖을 내다보았다. 그러자 십오시 할아버지가 중학생 오빠를 앞으로 툭 밀었다.

"얼른 모든 걸 사실대로 말해!"

그러자 중학생 오빠는 오들오들 떨면서 말했다.

"실은…… 제가 그동안 우유랑 방울토마토랑 고추 같은 걸 훔쳤어

108

요! 죄송해요."

"아무리 그래도 그렇지!"

"지금까지 사람들이 범인을 찾겠다고 얼마나 고생했는데!"

"이럴 게 아니라 당장 경찰에 신고해야 해요."

동네 사람들은 당장 중학생 오빠를 벌줘야 한다며 두 눈을 도끼처럼 치켜떴다.

"내 고구마 말랭이! 그게 얼마나 비싼 건데!"

쌍심지 아줌마는 고구마 말랭이 값의 몇 배는 더 받아야 한다고 소리치기도 했다. 엄마는 그런 동네 사람들에게 조금만 침착해 달라고 부탁했다.

"자자, 다들 조용히 좀 해 주세요.《목민심서》에는 무릇 악형이란 도적을 다스리는 것이니 평민에게 경솔히 시행해서는 안 된다는 말이 있어요."

목민관이 벌을 내릴 때는 세 등급으로 나눠야 한다.
관리나 지방의 책임자들이 백성들에게 해를 끼치면 가장 무거운
형벌을 내리고, 공무원이 나랏일을 잘못했을 때는 중한 벌을 내리고,
관청에서 일하는 사람들이 일을 잘못 처리했을 때는 가벼운 벌을

내리고, 부모나 형제가 실수하는 일은 범하지 않는 것이 좋다. 관아의 원님이 내릴 수 있는 벌은 곤장 50대 정도다. 그 이상의 벌을 내린다면 그것은 함부로 벌을 내리는 것이다. 벌을 내려서 백성을 바로잡는 것은 가장 마지막에 해야 할 방법이다. 먼저 자신을 단속하고 법을 받들어서 모범이 되도록 한다면 백성도 함부로 법을 어기려 하지 않을 것이다.

엄마는 동네 사람들에게 《목민심서》의 한 구절을 읽어 주었다. 그리고 중학생 오빠에게 부드러운 목소리로 왜 그랬는지 이유를 물었다.

"실은 배가 고파서 그랬어요. 할머니께 맛있는 걸 갖다드리고 싶기도 하고."

"그게 무슨 말이야?"

그러자 중학생 오빠가 울먹거리며 모든 것을 사실대로 털어놓았다.

그 오빠는 할머니랑 단둘이 살고 있는데, 할머니 건강이 점점 안 좋아지고 있다고 했다. 오빠는 입맛이 없어서 잘 먹지 못하는 할머니를 위해서 방울토마토도 훔치고 우유랑 상추를 훔쳤다고 고백했다.

"세상에!"

"아이고, 할머니가 얼마나 편찮으신데?"

그 말을 들은 동네 사람들은 걱정스러운 듯 물었다. 그때 유모차 할머니가 유모차를 끌고 느릿느릿 걸어왔다.

"재영아, 학교 잘 다녀왔니?"

그 오빠는 놀랍게도 유모차 할머니 손자였다. 원래 아빠랑 같이 살고 있었는데, 먼 곳으로 돈을 벌러 떠나는 바람에 할머니랑 같이 살게 되었다는 것이다.

"아빠가 생활비를 보태 주지 않으셔?"

"처음에는 그랬는데 언제부터인가 아빠랑 연락이 끊겼어요. 전화해도 받지 않고 소식도 없어요."

엄마는 당장 아빠의 소식부터 알아보는 게 좋겠다고 했다.

그렇게 며칠이 지났다. 할머니의 손자인 재영 오빠에게 놀라운 소식이 전해졌다.

재영 오빠의 아빠는 공사장에서 일하다가 사고를 당하는 바람에 몇 달 동안 의식이 없었다고 한다. 병원에서는 보호자를 알 수 없어서 따로 연락도 할 수 없었다고 했다. 재영 오빠는 부랴부랴 아빠를 만나러 갔다. 그리고 천만다행으로 애타는 아들의 목소리를 들은 아저씨가 마침내 깨어났다고 했다.

독수리 아줌마 삼총사는 동네 사람들에게 조금씩 돈을 모아서 병원

비를 마련해 주는 게 어떻겠냐고 물었다. 그러자 동네 사람들이 머뭇거렸다. 얼마 전 홍수 피해를 입어 다들 형편이 어려워 그런 것이었다.

"우리도 도와주고 싶지만……."

"요즘 너무 힘들어서 말이지."

그때 엄마가 나섰다.

"여러분, 유모차 할머니처럼 어려운 이웃을 도울 방법이 있어요. 그러니 너무 걱정 마세요."

"그거 뭔데?"

"나라에서 형편이 어려운 사람들을 위해 일정한 생활비를 주잖아요. 기초 생활 지원금 같은 거 말이에요. 할머니가 그걸 받을 수 있도록 도와주면 어떨까요?"

"그거 좋은 생각이야!"

"그리고 할머니의 아드님 병원비도 나라의 도움을 받을 수 있는지 알아보자고요. 틀림없이 방법이 있을 거예요."

그 말을 들은 사람들은 뭐든 돕겠다고 나섰다. 여러 사람의 도움 덕분에 유모차 할머니는 나라에서 주는 기초 생활 지원금을 받을 수 있게 되었다. 비록 적은 돈이긴 하지만 때마다 일정한 돈을 받을 수 있게 된 할머니와 재영 오빠는 가뭄에 단비를 만났다며 기뻐했다.

이렇게 해서 우리 동네를 발칵 뒤집어 놓은 진짜 좀도둑은 붙잡히게 되었고 사건은 해피엔딩으로 끝이 났다.

　　이튿날 학교에 도착한 나는 숙제를 깜빡하고 하지 않았다는 걸 떠올렸다. 변명 같지만, 어제 사건 때문에 숙제할 정신이 없었다.

　　"선생님이 뭐랬어? 숙제 안 하면 벌칙이 있다고 했지?"

　　"선생님! 악형은 좋은 수단이 아니니 말로 벌을 주세요."

　　"뭐?"

　　"《목민심서》에 따르면 늙은이와 어린이를 고문해서는 안 된다고 해요. 그리고 무서운 벌은 도적을 다스릴 때나 어울리는 것이니, 숙제를 안 한 사람에게는 가벼운 벌을 내리셔야 해요!"

　　"어이쿠, 너무 유식해서 당하지를 못하겠네!"

귀신처럼 대하기

"지금 우리 집 앞에서 뭐 하는 짓이에요?"

온 동네가 쩌렁쩌렁! 기화통 아저씨의 목소리가 동네를 울렸다. 십오시 할아버지가 기화통 아저씨의 주차장을 가로막고 있었다.

"나, 나는 그냥……."

"할아버지, 당장 이 수레 치워요!"

"미안해요."

십오시 할아버지는 고개를 푹 숙인 채 미안하다고 사과했다. 하지만 기화통 아저씨의 화는 좀처럼 풀리지 않았다.

"다시 한번 집 앞에 이 고물 수레를 세우면 가만두지 않겠어!"

십오시 할아버지가 연신 미안하다고 했다. 하지만 기화통 아저씨의 목소리는 좀처럼 줄어들지 않았다.

"아니, 저 아저씨는 기차 화통을 삶아 먹었나! 왜 자꾸 소리를 고래고래 지르는 거야?"

보다 못한 엄마가 두 팔을 걷어붙였다.

"아저씨, 아까부터 노인분한테 왜 자꾸 소리를 지르는 거예요?"

"화를 안 내게 생겼어? 내 주차장을 이 구질구질한 수레가 가로막고 있잖아! 내가 얼마나 짜증이 나겠어?"

"아무리 그래도 그렇지, 이 야심한 밤에 소리를 지르면 어떡해요!"

엄마는 기화통 아저씨를 향해 두 눈을 부릅떴다. 그러자 아저씨는 슬그머니 꼬리를 내리고 돌아갔다.

그러나 이튿날도 엄마랑 기화통 아저씨는 티격태격 싸웠다. 기화통 아저씨가 술에 취해서 고래고래 소리를 질렀기 때문이다.

"아유, 저 양반은 왜 저렇게 시끄러워?"

"그러니까! 날마다 소리를 지르네."

미용실을 찾은 아줌마들도 기화통 아저씨에 대한 불만을 늘어놓았다. 보다 못한 엄마는 기화통 아저씨를 엄벌로 다스려야겠다며 주먹을 꽉 움켜쥐었다.

"지방의 호족이 권력을 부려서 횡포를 일삼는 것은 약한 백성에게는 이리와 승냥이며 호랑이인 것이다. 양같이 순한 백성을 보호하는 것이 야말로 참된 목민관이라고 말할 수 있다고 했어. 순한 우리 동네 사람 들을 지키려면 내가 나서야만 해!"

엄마는 기화통 아저씨를 찾아갔다.

"또 무슨 일이야!"

엄마를 본 아저씨가 고래고래 소리를 질렀다.

"기화통 아저씨! 지금, 이 순간부터 소리를 지르면 절대 용서하지 않 겠어요."

"픔, 용서하지 않으면? 뭘 어쩔 건데?"

"나한테 다 생각이 있다고요!"

엄마는 기화통 아저씨를 매섭게 노려보더니 휙 돌아섰다. 기화통 아 저씨는 그런 엄마를 비웃듯 코웃음을 쳤다. 그리고 일부러 큰 소리로 고래고래 고함을 지르고 노래도 불렀다. 밤이 늦도록 기화통 아저씨의 고함은 계속됐다.

"여러분, 모두에게 부탁이 있어요."

이튿날 아침, 엄마는 동네 사람들에게 기화통 아저씨에 대해 부탁할 것이 있다고 말했다. 그것은 바로 '귀신처럼 대하기'였다.

"기 씨를 보고도 못 본 척하라고요?"

"네, 그래야 함께 사는 게 얼마나 소중한지를 깨달을 거예요."

엄마는 《목민심서》의 한 구절을 펼쳐 보였다.

제멋대로 굴거나 요란하고 시끄럽게 행동하지 못하도록 하는 것은
모두 백성을 편안하게 하기 위한 것이다. 재산이 많다고 법을 지키지
않는다거나 권력을 가졌다고 사람에게 함부로 행동하는 사람은 엄하게
단속해야 한다. 신분이 높은 사람이나 지위가 높은 사람을
대할 때 꺼리지 않는 것은 목민관으로서 마땅히 힘써야 할 일이다.
좋은 곳에서 일하는 사람이 제멋대로 굴거나 백성들에게 피해를
준다면 당연히 이를 벌해야 하고, 군인이 자신의 권력을 믿고 함부로
행동한다면 그것 역시 백성을 괴롭히는 것이니 모두 금지해야 한다.
지위가 높고 권력을 가진 사람들이 백성들에게 함부로 대하면,
그것은 사나운 호랑이가 이빨을 드러내는 것이나 다름없는 일.
양같이 순한 백성을 보호하는 것이야말로 참된 목민관이라고
말할 수 있다. 소년들이 도둑질하거나, 다른 친구를 괴롭힌다면

이 또한 미루지 말고 혼을 내야 한다.

이를 혼내지 않으면 커서도 법을 어기고 함부로 행동할 것이다.

동네 사람들은 엄마가 시킨 대로 하겠다고 굳게 약속했다.

그날 오후, 기화통 아저씨는 또 십오시 할아버지를 향해 소리를 질렀다.

"이봐요, 영감! 내가 가는 길을 수레로 막으면 어떡해?"

평소였다면 십오시 할아버지는 고개를 숙이며 사과를 했을 것이다. 하지만 십오시 할아버지는 기화통 아저씨의 말을 전혀 못 들은 척 태연하게 행동했다. 기화통 아저씨가 뭔가를 부탁해도 사람들은 모르는 척했다.

"이것들 봐! 내가 안 보여?"

"……."

동네 사람들은 아무도 기화통 아저씨의 말에 대꾸하거나 반응하지 않았다. 그렇게 며칠이 지났다. 기화통 아저씨가 평소와 달리 축 늘어진 어깨를 하고서 길을 걷는 게 보였다. 나는 아저씨를 향해 머뭇거리다가 꾸벅 인사를 했다.

"안녕하세요……."

"바, 방금 나한테 인사한 거니?"

"네."

"고맙다! 크억, 나한테 인사를 다 해 주고! 정말 고맙다!"

기화통 아저씨의 눈에 눈물이 그렁그렁 차올랐다. 그동안 아무도 자기를 보고 알은체하지 않았던 것이 무척 속상했던 모양이다. 그 후 기화통 아저씨는 함부로 큰 소리를 내지 않았다.

이게 다 목민관의 어진 정치 덕분인가 보다.

젊어지는 생명수

"그거 써 봤어? 요 앞 가게에서 파는 요술 파스 말이야."

"아아, 그게 그렇게 좋다며?"

"나도 얘기 들었어! 그걸 붙이면 아픈 곳이 말끔하게 낫는다더라고. 어떤 사람은 파스를 붙였더니 암이 싹 나았대."

미용실을 찾은 할머니 삼인방이 수군수군 수다를 떨었다. 머리를 손질하던 엄마가 고개를 갸웃했다.

"에이, 세상에 그런 파스가 어디 있어요?"

"아니, 정말이라니까. 요 앞에 새로 생긴 약방이 있는데 거기는 웬만

한 걸 다 팔아."

"정말요?"

"그래, 파스도 팔고 젊어지는 약도 팔아. 생명수? 그래, 그것도 팔던데. 생명수를 먹으면 몸에 있던 병이 싹 낫는다더라고."

엄마가 그 얘기를 가만히 듣고 있을 때였다. 유모차 할머니의 목소리가 소란스럽게 들려왔다.

"아니, 이 파스를 붙이면 내 허리가 일자로 쭉 펴진다면서요! 그런데 이게 뭐야. 달라진 게 없잖아요."

"할머니, 파스를 적게 붙여서 그런 거라고 몇 번을 말해요. 더 좋아지고 싶으면 파스를 많이 사서 붙이도록 하세요."

유모차 할머니는 울상을 지었다. 유모차 할머니는 구부정한 등이랑 허리를 고칠 수 있다는 말에 그동안 아끼고 아낀 돈을 다 털어서 파스를 샀다고 했다. 그런데 파스를 붙여도 별 효과가 없었다는 것이다.

"할머니, 그 말을 정말로 믿으셨어요? 세상에 그런 파스가 있을 리 없잖아요."

엄마가 유모차 할머니를 붙잡으며 말했다.

"현지 엄마, 저 사람이 파스 한 장만 붙여도 내 허리가 쭉 펴질 거라고 장담을 했어요. 그래서 그 큰돈을 낸 건데! 그 돈이면 우리 손자가 먹고 싶은 것도 사 주고 새 옷도 사 줄 수 있는데……."

유모차 할머니는 끝내 울음을 터트리고 말았다. 참다못한 엄마는 두 팔을 걷어붙이고 약방을 찾아갔다.

"어서 오십시오! 뭘 드릴까요? 살 빼는 파스? 아니면 허리가 잘록해지는 파스를 드릴깝쇼?"

엄마는 호랑이 눈을 뜨고 약방 주인을 노려보았다.

"정말 그걸 붙이면 살이 빠져요?"

"그렇다니까요. 효과를 보지 못하면 100퍼센트 돈을 환불해 드리겠습니다."

"그런데 이 할머니는 왜 환불을 안 해 주시는 거예요?"

엄마가 유모차 할머니를 가리키며 따지듯 묻자 약방 주인이 갑자기 태도를 바꾸었다.

"그건 저 할머니가 파스를 워낙 조금 발라서 그런 거고."

"당장 할머니가 낸 돈을 돌려주세요!"

엄마가 버럭 소리쳤다. 그러자 약방 주인은 고개를 빳빳하게 들고 따지듯 물었다.

"당신이 뭔데 참견이야?"

"난 이 동네 반장이니까!"

"반장이면 뭐!"

"반장은 해로운 걸 없애야 할 의무가 있는 거라고요."

"그런 법이 어디 있어?"

엄마가 따지듯 묻는 약방 주인에게 《목민심서》를 펼쳐 보였다.

"여기 잘 봐요!"

백성을 위하여 해로운 것을 없애는 것은 목민관의 도리다. 해로운 것

중 첫째는 도적이요, 둘째는 귀신이요, 셋째는 호랑이다.

이 세 가지가 없어져야만 백성의 걱정이 사라질 것이다.

도적이 생기는 데에는 세 가지 이유가 있다. 높은 관리들이 욕심을

버리고 백성들을 돌보지 않고, 중간 관리들이 명령을 제대로

받아들이지 않고, 아래에서는 윗사람 무서운 줄 모르고

법을 어기는 것을 두려워하지 않기 때문인 것이다.

이 세 가지를 바로잡지 않으면 아무리 도적을 없애려 해도 어찌할

수가 없다.

도둑들은 임금의 어진 뜻에 따라 그 죄를 용서해 주고 원래 살던

곳으로 돌아가 맡은 일을 할 수 있도록 하는 것이 가장 좋을 것이다.

잘못된 행동을 바로잡고 더 이상 도둑질을 하지 않으면 그동안

남의 것을 훔치려 했던 행동에 부끄러움을 느끼며 바르게 될 것이니 또한 좋은 일이 아니겠는가.

나쁜 사람, 힘이 있는 사람들이 서로 모여 나쁜 짓을 일삼고 잘못을 고치지 않으면 벌을 주어서라도 그들을 물리치고 백성을 편안케 하는 것도 그 다음 방법일 것이다.

"자, 당장 장사를 그만두고 우리 동네에서 떠나세요!"

엄마가 외치자 약방 주인이 그럴 수 없다며 콧방귀를 뀌었다.

그때였다. 독수리 아줌마 삼총사와 할머니 삼인방이 기화통 아저씨와 함께 나타났다. 기화통 아저씨는 우락부락한 얼굴을 잔뜩 구기며 약방 주인을 노려보았다. 그리고 숨을 크게 들이마시더니 기차 화통처럼 큰 소리로 버럭 외쳤다.

"지금 우리랑 싸워 보자는 거야? 당장 이 동네에서 떠나!"

그 소리가 얼마나 컸는지 듣고 있는 내 귀가 먹먹할 정도였다.

"시, 싫다면?"

"그렇다면 하는 수 없지. 내가 이 가게 앞에서 '이 가게는 순 엉터리요! 이 가게에서 물건을 사면 큰일 납니다!' 이렇게 외치는 수밖에."

기화통 아저씨의 말에 약방 주인은 깨갱 꼬리를 내리고 말았다. 그러자 사람들이 모두 기화통 아저씨를 향해 손뼉을 치며 대단하다고 엄지를 치켜들었다. 기화통 아저씨는 씨익 웃음을 지었다.

"현지 엄마, 정말 대단해!"

"요사스러운 말로 어리석은 사람을 속이는 자는 제거해야 한다고 했어요. 이런 걸 단속하는 것도 목민관의 당연한 일이랍니다."

엄마는 사람들을 향해 활짝 웃음을 지었다. 우리 엄마는 호랑이도 이길 것 같다!

5장

우리 모두가 목민관이다!

동네 지키기
적재적소

"현지 엄마, 이거 봤어? 시에서 이런 사업을 한다더라!"

"내가 전에 부탁한 일은? 해결했어?"

"현지 엄마! 요 앞 사거리에 음주운전 단속하는 일 말이야! 그건 어떻게 하기로 했어? 경찰서랑 얘기가 됐어?"

아침부터 엄마의 미용실은 바글바글했다. 하지만 미용실 손님이 아니다. 미용실 손님은 가물에 콩 나듯 한두 명 정도밖에 없다. 대신 동네 민원을 들고 찾아오는 사람들로 바글거리는 것이다. 엄마는 아침부터 저녁까지 눈코 뜰 새 없이 바빴다.

"어머, 내 정신 좀 봐! 막내한테 우유를 줬던가?"

"엄마, 좀 전에 줬잖아."

"그, 그래?"

엄마는 동네 사람들로부터 최고의 반장이라는 찬사를 받았다. 사람들은 엄마 덕분에 동네가 더욱 살기 좋아졌다며 칭찬을 늘어놓았다. 하지만 정작 엄마가 가장 필요한 우리 가족들에게는 불만이 쌓여 갔다.

"엄마, 현장 학습 신청서에 사인해 줬어?"

"어머머! 아직! 그거 어디에 뒀더라?"

엄마는 동네의 크고 작은 일을 처리하느라고 집안일은 깜빡하기 일쑤였다. 하긴, 내가 보기에도 엄마는 몸이 열 개라도 부족할 정도였다. 참다못한 나는 엄마를 향해 외쳤다.

"엄마, 반장이야, 우리야? 선택해!"

"맞아, 엄마는 반장이 되고부터 우리한테 너무 소홀한 것 같아. 동네에도 반장이 필요하지만 우리에게도 엄마가 필요하다고!"

두둥!

우리의 말에 엄마는 얼음이 되고 말았다. 나는 엄마의 대답을 듣지도 않고 퉁명스럽게 나가 버렸다.

그날 저녁, 엄마는 밤이 늦도록 집에 돌아오지 않았다. 나랑 예지는 엄마가 걱정됐다. 그래서 슬그머니 미용실을 찾아가 보았다. 엄마는 혼자 미용실 소파에 앉아 《목민심서》를 읽고 있었다.

우리가 문을 열고 들어설 때였다.

"그래, 방법을 찾았어!"

엄마가 갑자기 소리쳤다.

"방법을 찾았다고?"

"그래, 《목민심서》에 따르면 나라를 다스리는 것은 사람을 쓰는 데에 있다. 군현(郡縣)은 비록 작으나 그 사람을 쓰는 것은 다를 것이 없다."

"그게 무슨 뜻인데요?"

나는 머리를 긁적이며 되물었다.

"그건 바로, 나라든 동네든 사람을 잘 써야 한다는 뜻이지."

그 자리에 딱 알맞은 사람을 구하지 못하면 능력 없는 사람이 그저
자리만 차지할 것이니, 여러 가지 일을 맡겨서는 안 된다.
열심히 일하기보다는 아첨하기를 좋아하는 자는 성실하게
노력하기보다는 배신하기 쉬울 것이다.
능력이 뛰어난 사람을 추천받을 수는 있지만 만약 생각보다 능력이
뛰어나지 않다면 그 자리를 도로 빼앗아야 한다.
군인의 우두머리는 굳세고, 씩씩하고, 사람을 깔보거나 업신여기지
않는 자를 골라야 하고 그 밑에 둘 사람은 충성심이 뛰어난 사람을
제일 먼저 뽑고, 그 사람 다음으로 재주를 가진 사람을
살펴 뽑아야 할 것이다.

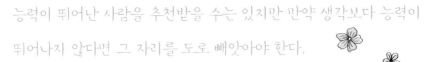

엄마는 당장 독수리 아줌마 삼총사를 소집했다.

"현지 엄마, 무슨 일이야?"

"우리한테 할 말이 있다며?"

"우리는 들을 준비가 다 됐어! 가족들한테 오늘 늦을 거라고도 얘기했고."

독수리 아줌마 삼총사가 밤새 수다를 떨겠다는 듯 비장한 표정으로 눈을 번뜩였다. 그때 할머니 삼인방이 미용실로 들어섰다. 모두 엄마의 연락을 받고 달려온 것이었다. 사람들은 대체 무슨 일인가 하고 엄마를 바라보았다.

"여러분, 제가 여러분을 이 자리로 모신 건 제 일을 좀 분담해 주시도록 부탁드리기 위해서예요."

"현지 엄마의 일을?"

"우리는 미용도 할 줄 모르는데?"

"아니, 그거 말고요. 동네의 크고 작은 일들을 좀 맡아 주세요. 우선 독수리 1호 아줌마, 동네 단속해 주세요. 동네에서 말썽 피우는 사람을 발견하면 가차 없이 단속해 주셔야 해요."

엄마의 말을 들은 독수리 1호 아줌마가 감격한 표정을 지었다.

"어머머! 나 그런 일을 꼭 해 보고 싶었어!"

"현지 엄마, 나는?"

엄마는 독수리 2호 아줌마에게는 청소 관리 일을, 독수리 3호 아줌마한테는 불량 식품 단속을 맡겼다. 할머니 삼인방에게도 일을 맡겼다. 맏이 할머니에게는 학교 앞 교통정리를 맡기고 둘째 할머니에게는 동네 공원에 고장이 난 곳이 없는지, 망가진 부분은 없는 살피는 일을, 셋째 할머니에게는 동네 사람들의 불평불만을 접수하는 일을 맡겼다.

이렇게 사람들에게 일을 맡기자 엄마가 할 일은 눈에 띄게 줄어들었다. 더는 일에 쫓겨 아등바등하지 않아도 되었다.

"엄마, 진짜 대단해!"

"사람을 적재적소에 쓰는 것도 훌륭한 목민관의 역할이지."

나는 곧장 학교로 달려가서 엄마처럼 내 일을 나누었다. 우선 부반장에게는 청소 책임을 맡겼고, 학급 위원에게는 떠드는 아이들을 책임지도록 맡겼다.

"그런데 현지야, 넌 무슨 일을 해?"

"에헴, 나는 아주아주 중요한 일을 해야 해."

"그게 뭔데?"

"비밀!"

나는 아이들을 향해 씩 웃으며 윙크했다.

독수리 아줌마의
문방구 습격 사건

　그날도 동네 아줌마들이랑 할머니들은 여느 때와 다름없이 미용실로 모여들었다. 요즘 동네 사람들은 엄마의 미용실을 '현지 미용실'이라고 부르는 대신 '목민 사랑방'이라고 부른다.

　엄마는 미용실에 모인 동네 사람들에게 《목민심서》를 읽어 주며 올바른 것이 무엇인지 알려 주고 있는데, 그걸 들으러 온 사람들이 별명으로 지어 준 것이다.

　"현지 엄마, 얘기 들었어? 요 앞 사거리에 문방구 있잖아. 거기서 애들한테 불량 식품을 판대."

138

독수리 1호 아줌마가 엄마한테 고자질하듯 소곤소곤 말했다.

"정말요?"

"그래, 내가 민철이 엄마가 말하는 걸 똑똑히 들었다니까. 요즘 민철이가 툭하면 불량 식품을 사 먹는다지 뭐야. 민철이가 날마다 배가 아프다며 찡찡거렸대. 보다 못한 민철이 엄마가 도대체 뭘 먹고 다니는 건지 살펴보려고 책가방을 뒤졌더니 그 안에서 불량 식품 껍데기가 한가득 나왔대."

"어머머, 그걸 어디서 샀대요?"

"애가 갈 만한 곳이 문방구밖에 더 있겠어?"

"몸에 안 좋은 음식을 애들한테 팔다니! 천벌을 받을 거야."

독수리 1호 아줌마의 말을 들은 사람들은 당장 문방구로 달려가 혼을 내야 한다고 아우성쳤다. 엄마는 사람들과 함께 문방구로 달려갔다. 그런데 문방구 진열장에는 불량 식품이 전혀 없었다.

"사장님, 우리가 온다는 소식을 듣고 불량 식품을 몽땅 숨긴 거죠?"

"그게 무슨 소립니까?"

"여기서 불량 식품을 사 먹고 배탈 난 애들이 있어요!"

"맞아, 병원에 입원까지 했다니까요!"

아줌마들의 말을 들은 문방구 사장님은 화들짝 놀랐다.

"우리 문방구에서는 불량 식품을 팔지 않아요. 애들이 먹으면 큰일이 날 걸 뻔히 아는데 그걸 어떻게 팔겠어요?"

"정말 아니란 말이에요?"

독수리 1호 아줌마가 두 눈을 가느다랗게 치켜떴다. 문방구 사장님은 하늘을 우러러 한 점 부끄러움이 없다며 두 눈에 힘을 주었다. 그러고는 결백함을 증명하기 위해 진열장은 물론이고 창고에 쌓여 있는 물건들까지 죄다 꺼내 놓았다. 그 어디에도 불량 식품은 보이지 않았고, 결국 엄마와 아줌마들은 빈손으로 돌아와야만 했다.

"이상하다. 틀림없이 들었는데……."

"흠!"

그날 저녁, 엄마는 한참 동안 생각에 잠겨 있었다. 나는 엄마에게 무슨 생각을 그렇게 골똘하게 하냐고 물었다.

"아무래도 엄마가 실수한 것 같아."

"무슨 실수?"

"목민관은 외로이 고립되어 있으며 모두 나를 속이려는 자들뿐이라는 걸 명심해야 한댔는데……. 사방을 보는 눈을 밝게 하고 사방을 듣는 귀를 통달하게 하는 것은 오직 제왕만이 할 바가 아니랬어."

"그게 무슨 뜻인데?"

"남들이 하는 얘기를 잘 가려서 들어야 한다는 뜻이지."

내 곁에 가까이 있는 사람들의 말을 그대로 믿어서는 안 된다.
가벼운 말인 듯하지만 모두 자기가 편한 대로 말할 수 있기 때문이다.
그렇다고 그 말이 사실인지 따져 보고 몰래 살펴보다가 들킨다면
그 꼴도 우스워질 수 있으니 조심해야 한다. 형편을 따지고
살피기 위해서는 그 일과 관계없는 사람을 골라야 한다.

엄마는 《목민심서》의 한 구절을 찾아 읽어 주었다.

"엄마가 생각이 짧았어. 민철이 엄마랑 문방구 사장님이 예전에 싸운 적이 있잖니. 그래서 두 사람 사이가 안 좋다는 걸 깜빡했어."

"엄마는 민철이 엄마가 일부러 문방구 사장님을 모함했다고 생각하는 거야?"

내가 묻자 엄마가 고개를 가로저었다.

"일부러 그런 건 아니겠지. 하지만 안 좋은 감정을 가진 상태에서 말을 하다 보면 자기도 모르게 감정이 섞일 수도 있어."

엄마는 앞으로 사람들의 이야기를 곧이곧대로 듣기보다는 살펴 들어야겠다고 말했다.

이튿날, 학교에 간 나는 은희로부터 놀라운 이야기를 들었다. 누군가 수희의 의자를 부쉈는데, 그 범인이 규철이인 것 같다는 말이었다.

"에이, 규철이가 왜 그런 짓을 하겠어?"

"수희가 자기보다 똑똑하니까 질투가 나서 그런 거 아니겠어? 그걸 봤다는 애도 있어."

"그게 누군데?"

"옆 반 누리가 봤다던데?"

나는 당장 규철이에게 정말 수희의 의자를 부순 범인이 맞느냐고 따져 묻고 싶었다. 그런데 순간 엄마의 이야기가 떠올랐다.

'그래, 규철이가 범인이 아닐 수도 있어. 은희는 규철이랑 사이가 안 좋으니까. 미리 성급하게 규철이한테 따져 묻는 건 옳지 않아.'

나는 조심스럽게 수희에게 의자를 망가트린 범인이 누구인지 짐작되는 사람이 있느냐고 물었다. 그러자 수희가 씩 웃으면서 자기 자신을 가리켰다.

"너?"

"그래, 내가 실수로 의자를 넘어트렸어. 그 바람에 망가진 거야."

'헉, 까딱하면 규철이 잡을 뻔했네!'

나는 가슴을 쓸어내리며 규철이를 바라보았다. 규철이는 영문을 모르겠다는 표정으로 눈을 깜빡거렸다.

"왜 그래, 현지야?"

"아니, 오늘따라 네가 무척 사랑스러워 보여서."

나는 규철이를 향해 씩 웃으며 대꾸했다.

떠나는 초대장

"요즘 우리 동네가 참 살기 좋아진 것 같지 않아?"

"그게 다 현지 엄마 덕분이지!"

사람들은 모였다 하면 반장인 엄마를 칭찬했다. 엄마는 그런 칭찬을 들을 때마다 겸손한 표정으로 고개를 숙였다.

그러던 어느 날이었다. 엄마가 동네 사람들에게 맛있는 음식을 대접하고 싶다며 초대장을 보냈다.

"어머, 웬 초대장이지?"

"현지 엄마가 중요한 얘기를 할 거랬어요."

"무슨 얘기를 하려고 그럴까?"

사람들은 엄마가 하려는 말이 무엇인지 다들 궁금해했다. 나도 엄마가 무슨 말을 할 것인지 몹시 궁금했다. 하지만 엄마는 전혀 내색하지 않은 채 밥과 음식을 준비했다.

"음, 맛있는 냄새!"

"어때? 사람들이 좋아하겠어?"

"당연하지. 엄마 음식 솜씨는 최고잖아!"

엄마는 조마조마한 표정으로 사람들이 오기만을 기다렸다. 이윽고 사람들이 몰려들었다. 엄마는 사람들에게 정성껏 준비한 음식을 내놓았다.

"현지 엄마, 무슨 얘기를 하려고 이렇게 뜸을 들여?"

"궁금해 죽겠어!"

사람들이 아웅다웅 묻자 엄마가 차분한 목소리로 입을 열었다.

"여러분, 저는 반장을 그만두려고 해요."

"아니, 왜? 지금껏 잘해 왔잖아!"

"그래, 반장 일이 힘들어서 그래? 우리가 더 열심히 도울게!"

아줌마들은 엄마한테 절대 반장을 그만두면 안 된다고 말했다. 딱한 사람, 쌍심지 아줌마만 빼고. 쌍심지 아줌마는 반장은 역시 아무나

하는 게 아니라며 입꼬리를 실룩거렸다. 그 모습을 본 나는 엄마가 절대 반장을 그만두지 않았으면 좋겠다고 생각했다.

"반장을 그만두려는 건 절대 힘들어서가 아니에요. 여러분이 도와준 덕분에 큰 힘도 들이지 않고 반장 일을 해낼 수 있었어요."

"그런데 왜?"

"벼슬은 반드시 바뀌기 마련이니, 바뀌어도 놀라지 않고 잃어도 연연하지 않으면 백성이 공경한다고 했어요."

벼슬은 반드시 담당자가 바뀌기 마련이니, 맡은 일을 내려놓아야 할 때도 놀라지 않고, 새로운 일을 맡아도 당황하지 않아야 할 것이다. 벼슬을 버릴 때는 헌신짝같이 버리는 것이 의리다. 높은 벼슬을 맡고 있다가 그 자리에서 물러난다 해서 슬퍼한다면 부끄러운 일이다. 평소에 문서와 장부를 잘 정리해 두어서 그 이튿날 떠나가는 것은 맑은 선비의 태도다. 문서와 장부는 누구나 알아볼 수 있도록 잘 정리해 두는 것이 지혜 있는 선비의 행동이다. 나아가 백성들이 모여 마지막 작별 인사를 해 주고, 어린아이가 어머니를 잃은 것처럼 서운해한다면 그것은 아주 큰 영광인 것이다.

돌아가는 길에 내게 서운한 일을 당한 백성을 만나 꾸짖음을 듣거나
욕을 들어도 서운해하지 않아야 한다.
나를 칭찬하는 사람이 있으면, 흉보는 사람도 있는 것이
당연한 것이다.

　　엄마는 《목민심서》를 펼쳐서 읽었다. 그것을 들은 사람들은 잠자코
엄마를 바라보았다.

　　"대신 우리 동네에는 더 좋은 반장이 생길 거예요. 여러분, 그런 의
미에서 저는 독수리 1호 아줌마를 새 반장으로 추천합니다."

　　"어머머, 나를?"

　　독수리 1호 아줌마가 휘둥그런 눈으로 엄마를 쳐다봤다.

　　"아주머니는 누구보다 먼저 동네일에 발벗고 나서서 열심히 노력하
시는 분이잖아요."

　　엄마의 말을 들은 사람들은 독수리 1호 아줌마에게 반장을 맡기는
것도 좋은 방법일 것 같다고 말했다.

　　"그럼 우리 이 자리에서 손을 들어 반장 투표를 해 볼까요?"

　　"좋아요, 좋아!"

　　독수리 1호 아줌마가 새 반장이 되는 것을 찬성하는 사람은 손을 들

기로 했다. 사람들이 대부분 손을 번쩍 들었다. 이렇게 해서 독수리 1호 아줌마는 우리 동네의 새로운 반장이 되었다.

"내가 현지 엄마만큼 잘할 수 있을까?"

독수리 1호 아줌마는 걱정스러운 표정으로 엄마를 보았다.

"그럼요! 제가 선물로 이 책을 드릴게요."

엄마는 독수리 1호 아줌마에게 《목민심서》를 내밀었다.

그렇게 반장이 바뀌었지만 크게 달라진 건 없었다. 사람들은 여전히 엄마의 미용실을 찾아왔고, 그곳에 모여 수다를 떨며 동네의 크고 작은 일을 논의했다. 목민 사랑방도 여전히 운영됐고, 현지 식당에도 손님들이 북적거렸다.

"엄마, 나도 반장을 그만두어야 할 것 같아."

"갑자기 왜?"

"반장이 동네를 다스리는 목민관이라면 반장은 반을 다스리는 목민관이나 마찬가지잖아. 나만 계속해서 반장을 하는 것보다는 다른 아이들도 반장을 해 보는 게 좋을 것 같아."

"그러면 이렇게 하면 어떨까?"

엄마는 내게 모든 아이가 돌아가며 반장이 될 수 있는 제도를 마련하면 어떻겠냐고 물었다.

이튿날, 나는 곧장 학교로 달려갔다. 그리고 밤새 고민했던 것들을 아이들에게 털어놓았다.

"우리 모두 반장이 되자고?"

"그래, 날짜를 정해서 일주일씩 반장을 하는 거야. 그러면 모두 책임감을 느끼고 우리 반을 더 사랑하게 될 거야."

"그거 정말 좋은 생각이다!"

아이들은 사실 반장 일을 해 보고 싶었다며 고개를 끄덕였다. 나는 《목민심서》 덕분에 지혜롭게 반장 일을 마무리할 수 있게 된 것 같아서 무척 뿌듯했다.

자장면 쿠폰과
낡은 수레

"현지 엄마, 이따가 잠깐 시간 좀 내줄 수 있어?"

할머니 삼인방 중에 맏이 할머니가 물었다. 엄마는 무슨 다급한 일이 생겼냐고 물었다. 맏이 할머니는 아무런 대답도 하지 않고 씩 웃기만 했다. 하지만 엄마가 미용실 문을 닫을 때까지도 소식이 없었다.

"아니, 맏이 할머니가 오신다더니만, 약속을 깜빡하신 건가?"

엄마는 문을 닫지 못한 채 계속 창밖만 바라보았다. 그때 십오시 할아버지가 리어카를 끌고 나타났다.

"할아버지, 무슨 일이세요? 시원한 물이라도 드릴까요?"

엄마가 미용실 문을 활짝 열며 물었다.

"아직 다 안 왔나?"

할아버지는 머리를 긁적이더니 주변을 두리번거렸다. 얼마나 지났을까, 맏이 할머니가 부랴부랴 오는 게 보였다.

그런데 미용실을 향해 오는 건 맏이 할머니뿐만이 아니었다. 다른 할머니들은 물론이고 독수리 아줌마 삼총사랑 기화통 아저씨, 유모차 할머니, 재영 오빠와 더불어 온 동네 사람들이 함께 미용실로 오고 있었다.

"다들 무슨 일이시지?"

엄마가 고개를 쭉 빼고 사람들을 볼 때였다. 십오시 할아버지가 사람들을 향해 어서 오라고 손짓했다.

"현지 엄마, 우리가 줄 게 있어."

사람들은 서로 눈짓을 하더니 저마다 준비한 선물을 꺼내 놓았다.

"이게 다 뭐예요?"

"별거 아니야. 우리가 저마다 형편껏 선물을 준비한 거라서. 그동안 우리 동네를 위해 애써 주어서 고마워."

유모차 할머니가 꺼내 놓은 건 자장면 쿠폰이었다. 그동안 아끼고 아껴 두었던 쿠폰을 엄마한테 주고 싶었다고 했다.

"자, 난 직접 담근 김치!"

"난 세숫대야."

"난 장독을 준비했어. 우리 집에서 제일 좋은 거라고."

그 모습을 본 엄마는 왈칵 울음을 터트리고 말았다. 사람들의 눈시울도 덩달아 붉어졌다.

한참 동안 눈물을 글썽거린 엄마는 목이 멘 듯 떨리는 목소리로 사람들을 향해 고맙다고 인사했다.

"여러분, 부족한 저를 사랑해 주셔서 고마워요."

"현지 엄마처럼 청렴하고 지혜로운 반장이 또 어디 있겠어. 우리가 더 고마운 일이지."

사람들은 모두 입을 모아 엄마를 칭찬했다. 그 얘기를 들은 엄마가 머리를 깊이 숙이며 사람들에게 인사했다. 그 모습을 본 나는 가슴 한 구석이 찡해지는 것 같았다.

문득 엄마가 읽던 《목민심서》의 한 구절이 떠올랐다.

깨끗하고 올바른 선비가 떠날 때는 짐이 적어야 한다. 여윈 말이 끄는 낡은 수레 하나로도 충분해야 한다. 그러면 비록 가진 것은 적더라도 맑은 바람이 맞아 줄 것이다. 수레에는 새로 만든 그릇이 없고 구슬과

비단 등 보석이나 값진 것이 없어야 한다. 물건에 대한 욕심은 연못에 던지고 불에 집어넣어야 한다. 또 무엇이든 아껴 쓸 줄 알아야 한다. 다른 고을을 다스리던 벼슬아치가 집에 돌아온 후에도 새로운 물건이 없다면 깨끗하고 올바르게 생활한 것이니 낡고 오래된 것보다 좋은 것이 어디 있겠는가.

동네 사람들과 인사를 나눈 엄마는 선물을 어떻게 다 들고 가야 할지 모르겠다고 중얼거렸다. 그때 십오시 할아버지가 수레를 탕탕 치며 나섰다.

"내 수레를 빌려주지!"

"정말요?"

"그래, 대신 내 선물은 수레를 빌려주는 거로 퉁치자고."

십오시 할아버지의 말에 동네 아줌마들이 "우! 자린고비!" 하고 야유를 보냈다. 하지만 십오시 할아버지는 수레를 빌려주는 것도 선물이 될 수 있다며 큰소리를 떵떵 쳤다.

"그럼요, 십오시 할아버지한테 수레가 얼마나 중요한 물건인데! 그걸 빌려주시는 것만으로도 감사하죠."

덕분에 엄마랑 나는 선물 보따리를 수레에 싣고 집으로 향할 수 있었다. 그런데 엄마의 손을 잡고 걷다 보니 갑자기 억울한 생각이 들었다.

'가만, 내가 반장을 양보했을 때는 아무도 선물 같은 건 해 주지 않았는데!'

물론 내가 꼭 선물을 받아야겠다고 생각한 건 아니었다. 하지만 생각할수록 억울한 기분이 들었다.

이튿날 학교에 간 나는 책가방을 던져 놓고 서랍이랑 사물함을 뒤적거렸다. 그 모습을 본 수희가 고개를 갸웃했다.

"현지야, 뭐 잃어버렸어?"

"아니, 그 반대. 뭐가 생겼을까 봐."

"뭐?"

수희가 두 눈을 동그랗게 뜨며 물었다. 나는 몇 번이나 주변을 살펴보았다. 하지만 역시 내게는 선물을 준 사람이 없었다.

"피, 아니야. 아무것도 아니야."

내가 입술을 삐죽거릴 때였다. 선생님께서 교실 안으로 들어오셨다.

"오늘은 누가 반장이지?"

"수희요!"

"그래, 수희가 인사를 해 보렴."

선생님의 말씀이 끝나기 무섭게 이번 주 반장이 된 수희가 자리에서 벌떡 일어섰다.

"선생님, 또 인사하고 싶은 사람이 있어요."

"그게 누군데?"

"현지요. 우리 모두 반장이 될 수 있게 해 준 현지에게 고맙다는 인사를 하고 싶어요."

수희의 말이 끝나기 무섭게 아이들이 모두 입을 모아 "현지야, 고마워!"라고 외쳤다. 순간 나는 가슴이 두근거리고 얼굴이 화끈거렸다.

"현지야, 한마디 해야지?"

"그, 그게…… 제가 방금 선물보다 인사가 더 좋을 수도 있다는 걸 깨달았어요."

"뭐?"

선생님과 아이들은 모두 어리둥절한 표정으로 고개를 갸웃거렸다. 나는 계속해서 두근두근 날뛰는 심장을 누르며 고개를 팍 숙였다. 아, 엄마도 선물을 받을 때 이런 기분이었겠지? 나도 엄마처럼 더 훌륭한 목민관이 될 수 있도록 노력해야겠다.

누구나 반장,
모두가 목민관

반장이 된 독수리 1호 아줌마는 날마다 동네를 위한 새로운 아이디어를 만들어 냈다.

"우리 동네 사람들이 밤에도 안전하게 다닐 수 있도록 자율 방범대를 만들면 어떨까요? 그래, 공부하는 학생들이 공부에 집중할 수 있도록 소음 방지 요원도 만들자고요. 에, 또…… 어린아이들이 마음 놓고 뛰놀 수 있도록 놀이터마다 어린이 지킴이를 두면 어떨까요?"

독수리 1호 아줌마는 눈만 뜨면 새로운 아이디어를 생각해 냈고, 그걸 목민 사랑방으로 가져왔다.

"아유, 그걸 누가 다 맡아 주겠어?"

"까짓거, 우리가 하면 되지!"

"우리가 지금 하는 일도 엄청나다고. 지금 여기서 새로운 일을 맡는 건 무리야, 무리!"

독수리 2호, 3호 아줌마뿐만 아니라 할머니 삼인방도, 다른 동네 사람들도 모두 독수리 1호 아줌마를 도와서 동네일에 앞장섰다. 하지만 지나치게 많은 일을 떠맡은 독수리 1호 아줌마는 반장이 된 지 석 달 만에 자리에 앓아눕고 말았다.

"그러게. 과유불급이란 말도 몰라? 뭐든 지나치면 안 되는 거라고. 열정이 지나쳐서 오히려 피해를 주고 있잖아."

"그래, 당분간 좀 쉬도록 해."

"그러면 반장은 누가 맡아?"

독수리 1호 아줌마가 걱정 어린 목소리로 말할 때였다. 독수리 2호 아줌마가 1호 아줌마를 대신해서 임시 반장을 하겠다고 나섰다. 그러자 3호 아줌마가 이런 일에는 빠질 수 없다며 나섰다.

"됐어, 내가 계속 맡는 게 좋겠어."

독수리 1호 아줌마는 자기 몸이 부서지는 한이 있더라도 계속해서 반장을 맡겠다고 아우성을 쳤다. 그때 우리 아빠가 쓰윽 끼어들었다.

"제가 한때 인정을 받던 반장의 남편으로서 한마디 드려도 될까요?"

"그, 그래요."

사람들의 시선이 모두 아빠에게 집중되었다.

"실은 저도 반장 일을 맡아 보고 싶었어요. 저에게 단 며칠만이라도 반장 일을 맡겨 주시면 좋겠습니다."

아빠의 말에 사람들은 서로 반장이 되고 싶다며 손을 번쩍 치켜들었다. 그때 엄마가 새로운 아이디어를 냈다.

"좋아, 이럴 게 아니라 우리 동네 모든 사람이 반장이 되면 어때요?"

"어떻게요?"

"내가 반장이다! 그런 마음으로 동네일을 돌보면 바로 반장인 거죠."

목민 사랑방에 모인 사람들은 모두 좋은 생각이라며 손뼉을 쳤다.

그 후 우리 동네 사람들은 모두 자기를 반장이라고 자랑하고 다녔다. 물론 자랑만 한 건 아니었다. 모든 사람이 동네일이라면 두 팔을 걷어 올리고 나섰다. 덕분에 우리 동네는 주변에서 다들 부러워하는 살기 좋은 동네가 되었다.

이 모든 게 《목민심서》의 가르침 덕분이라고 엄마와 나는 조용히 웃었다. 누구나 반장이고, 모두가 목민관인 동네! 목민 사랑방이라고 써 놓은 작은 종이가 햇살에 반짝인다.

나의 첫 인문고전 03

열 살, 목민심서를 만나다

초   판 1쇄 발행 2021년 7월 9일
개정판 1쇄 발행 2025년 1월 15일

지은이 | 서지원
그린이 | 이다혜
펴낸이 | 한순 이희섭
펴낸곳 | (주)도서출판 나무생각
편집 | 양미애 백모란
디자인 | 박민선
마케팅 | 이재석
출판등록 | 1999년 8월 19일 제1999-000112호
주소 | 서울특별시 마포구 월드컵로 70-4 (서교동) 1F
전화 | 02)334-3339, 3308, 3361
팩스 | 02)334-3318
이메일 | book@namubook.co.kr
홈페이지 | www.namubook.co.kr
블로그 | blog.naver.com/tree3339

ISBN 979-11-6218-332-8 73810